dtv

Haushalt, Gesundheit, Schule, Finanzen, Beziehungskisten und sonstige Familienangelegenheiten: Christine Nöstlinger kommentiert und beobachtet scharf und humorvoll, was uns der ganz normale Wahnsinn des familiären Lebens so alles beschert. Von hohem Wiedererkennungswert! Eine Auswahl ihrer besten Glossen: witzig und weise, bisweilen zornig und auch ironisch, aber immer lesens- und liebenswert.

Christine Nöstlinger, 1936 in Wien geboren, lebt als freie Schriftstellerin abwechselnd in ihrer Geburtsstadt und im Waldviertel. Sie ist auch für Zeitungen, Rundfunk und Fernsehen tätig. Ihre Kinder- und Jugendbücher wurden mehrfach ausgezeichnet. 2011 erhielt Christine Nöstlinger den Buchpreis Corine für ihr Lebenswerk.

Christine Nöstlinger

Best of Mama

Ausgewählte Geschichten

Mit Illustrationen von
Christiana Nöstlinger

Deutscher Taschenbuch Verlag

Von Christine Nöstlinger
sind u. a. im Deutschen Taschenbuch Verlag erschienen:
Werter Nachwuchs (20049)
Management by Mama (dtv großdruck 25177)
Haushaltsschnecken leben länger (dtv großdruck 25249)
Mein Tagebuch (dtv großdruck 25335)

Ausführliche Informationen über
unsere Autoren und Bücher
finden Sie auf unserer Website
www.dtv.de

MIX
Papier aus verantwortungsvollen Quellen
FSC® C019821

Neuausgabe 2013
Veröffentlicht 2003 im Deutschen Taschenbuch Verlag
GmbH & Co. KG, München

Umschlagkonzept: Balk & Brumshagen
Umschlaggestaltung: Wildes Blut, Atelier für Gestaltung,
Stephanie Weischer unter Verwendung eines Fotos
von Trevillion Images/Lee Avison
Gesamtherstellung: Druckerei C. H. Beck, Nördlingen
Gedruckt auf säurefreiem, chlorfrei gebleichtem Papier
Printed in Germany · ISBN 978-3-423-21446-9

Inhalt

Erkenne dich selbst

Wir sind leider kein Naturvolk mehr

Woran sich keine Frau gewöhnen kann

Machen Sie sich doch Umstände!

Für Männer erlaubt, für Frauen verboten

Lieblingsspeisen und Grausgerichte

Was halten Sie von »Do it yourself«?

Zeugnistag!

Kindern kann man nichts vormachen

Erkenne dich selbst

Erkenne dich selbst

Mir entgeht ein Vergnügen, das sich außer mir fast alle Frauen meines Bekanntenkreises gönnen können. Mit besonderem Gram erfüllt mich dies, weil es sich bei diesem Vergnügen um ein sehr billiges handelt:

Man ersteht eine Frauenzeitschrift, blättert sich hurtig durch neueste Mode, Kosmetik und herbes Frauenschicksal bis zum Beginn des hinteren Zeitschriftendrittels, stöhnt beglückt auf, wenn einem der fette Titel ›Erkenne dich selbst‹ entgegenblinkt, eilt um einen Stift und testet emsig drauflos.

In allen Haushalten, in die ich eindringe, sehe ich solch mehrfach angekreuzte Frauenzeitschriften-Erkenne-dich-Tests und treffe daher auf weibliche Menschen, vom Teen bis zur Uroma, die wohl informiert über sich selber durchs Leben schreiten.

Denen ist sonnenklar, ob sie das Beste aus ihrem Typ machen, ob sie allgemein beliebt sind, ob sie zur Führernatur Begabung haben oder eher zum einsamen Leben.

Nur mir ist verschlossen, mich derart zu erkennen. Ratlos, wie ein tumber Tor, stehe ich den simplen Fragestellungen gegenüber. Ob ich lieber einen Pfau oder einen Pinguin als Wappentier hätte? Ich mag kein Wappentier! Aber für diese Einstellung gibt es kein Ankreuzeckerl.

Ob ich mich bei einer Grillparty oder in einer Gesprächsrunde wohler fühle? Was soll ich ankreuzen, wenn sich Grillpartys für mich immer auch als Gesprächsrunden ergeben haben?

Ob ich lieber als »Modisch-Schicke«, als »Intellektuelle«, als »Mütterliche« oder als »Individualistin« gelten mag? Um ganz ehrlich zu sein, ich möchte eine modische, schicke, mütterliche, intellektuelle Individualistin sein!

Warum also gestattet mir die Test-Redakteurin nur ein Kasterl für ein Kreuzerl?

Und möchte ich meinem Partner sagen: »Ich bin der Sand, du bist das Meer!«? Ei der Daus! Möchte ich? Spätestens bei dieser Testfrage klappe ich resigniert das beliebte Damenjournal zu und bin ärmer dran als der Rest meiner weiblichen Bekanntschaft.

Es entgeht mir ja nicht nur die schöne Erkenntnis meiner Person, sondern auch die noch viel schönere Bestätigung, dass ich ein guter und edler und herrlicher Mensch bin. Denn edel und gut und herrlich – ob man nun 0 bis 26 Punkte oder 228 bis 394 Punkte angesammelt hat – ist man laut Frauenzeitschriften-Testauswertung immer.

Ist vielleicht mein Verhältnis zur Mode gestört?

Die Mode und ich haben seit eh und je miteinander Schwierigkeiten gehabt. Als Kleinkind tobte ich über die Klamotten, in die man mich stopfte, weil sie meinem Körpergefühl nach viel zu locker saßen und auch kratzten. Als großes Kind litt ich unter Übergewicht und wollte von Kleidern überhaupt nichts wissen.

In meinen frühen Jugendjahren verzweifelte ich, weil die Teens-Mode noch nicht erfunden war und man entweder als Kind oder als Frau eingekleidet wurde; beides kam mir unpassend vor. In meiner späten Jugend hätte ich genau gewusst, wie mich einzukleiden, aber dazu reichte das Geld nicht. Ich schneiderte selbst und oft ohne viel Erfolg. So erinnere ich mich an ein schulterfreies Abendkleid, im Rücken bis zur Taille ausgeschnitten. Ich nähte es aus einem festen Seidenstoff und meinte deshalb, auf versteifende Einlagen verzichten zu können, was ein Irrtum war, weil die Stoffsteife von Appretur herrührte, die sich beim Tanzen, in Tuchfühlung mit Frackbrüsten, auflöste, weshalb ich die zweite Ballhälfte mit streng über der Brust verkreuzten, behandschuhten Armen zubrachte, um nicht »oben ohne« dazustehen.

Dann kamen gute Zeiten, denn die Sackmode war leichter zu schneidern, aber das hielt nicht lang an. Bald entflammte ich für Courrèges: Drei Wochen hockte ich über einem weißen Kostüm, um ihm exakte schwarze Kanten aufzuzwingen, dann stopfte ich das Ding in den Flickenbinkel.

Hierauf kaufte ich ein gutes Jahrzehnt meine Kleidung in Boutiquen und suchte von Jahr zu Jahr »bessere« Läden auf. Mit schlechtem Gewissen! Es ist kein gutes Gefühl, für einen Blazer so viel auszugeben, wie eine Arbeiterin im Monat verdient. Ich tat diese Käufe auch nicht regelmäßig. Immer nur dann, wenn ich besonders frustriert war, wenn mir mein Leben und meine Arbeit zum Kotzen vorkamen, plumpste ich in einen Luxusladen und grapschte mir ein Luxusstück. Und besonders blöd kam ich mir vor, wenn ich merkte, dass mir das Wissen, ein Armani- oder Cerrutti-Etikett im Futter zu haben, Selbstwertgefühl verschaffte.

Seit ich meistens auf dem Land lebe, trage ich alte Sachen auf. Gestern, als ich mit meinem Mann zum Nachbarn ging, blieb er auf halbem Weg stehen, starrte und fragte: »Sag, wie schaust denn du eigentlich aus?« Ich weiß nicht, was er hatte! Die gelbe Hose war von Hechter, die braune Bluse von Kodier, der rote Pulli von Armani, die rosa Tennissocken von Lacoste und die grünen Trachtenschuhe vom Lanz! Vielleicht hatte er nur was dagegen, dass ich seinen Burberry übergezogen hatte. Der ist mir nämlich ein wenig zu groß, und der Saum schleift im Staub, wenn ich ihn trage.

Aber mit der Mode, glaube ich, habe ich Frieden geschlossen.

Schuldgefühle sind Frauensache

Unsere Umgangssprache entbehrt nicht der Fachausdrücke psychologischer Art. Selbst Menschen, deren Wortschatz tausend Vokabeln kaum übersteigt, sprudeln die »Neurosen« und den »Psychopathen« und die »Hemmungen« und die »Komplexe« nur so heraus.

Auch die »Schuldgefühle« gehören zu dieser Sorte von sprachlichem Allgemeingut. Wenn der »Stress« der Bestseller der Saison ist, ist das »Schuldgefühl« der Evergreen des Jahrzehnts. Und diese Schuldgefühle, ich beobachte es seit Jahren, sind hauptsächlich im Besitz des weiblichen Teils der Menschheit. Frauen haben Schuldgefühle, wenn sie keine Kinder gebären oder dem Mann statt einem Sohn eine Tochter gebären. Sie haben Schuldgefühle, wenn sie Kinder haben und arbeiten gehen, und sie haben Schuldgefühle, wenn sie nicht arbeiten gehen und den Mann das Geld verdienen lassen. Sie haben Schuldgefühle, wenn die Kinder in der Schule sitzenbleiben und wenn die Kalbsschnitzel, die sie beim Fleischhauer gekauft haben, im Großmarkt am anderen Ende der Stadt um fünfzehn Prozent billiger zu haben gewesen wären. Es gibt auch Frauen, die sich schuldig fühlen, weil sie mit vierzig nicht mehr so straff und jugendlich aussehen wie mit zwanzig. Auf alle Fälle aber gibt es Frauen in Menge, die schon Schuldgefühle entwickeln, wenn sie bloß ein Viertelstündchen faul sind.

Wie ertappte Schüler schlagen sie den Krimi zu und greifen zum Strickzeug, wenn ein Familienmitglied den Raum betritt. Um zu einem friedlichen Mittagsschlaf zu kommen, meinen sie Kopfweh haben zu müssen und den Kaffeehausbesuch mit Illustrierter und Cremeschnitte halten sie so geheim, als wären sie an frivolem Orte der Unzucht nach-

gegangen. Daraus ist zu folgern: Wenn ein Mensch wegen derart harmloser Tätigkeiten Schuldgefühle entwickelt, können Schuldgefühle nicht viel mit wirklicher Schuld zu tun haben. Da aber, das beobachte ich seit Jahren, diese so mannigfachen weiblichen Schuldgefühle keine erfreulichen Emotionen sind, die man sich freiwillig und luxushalber zulegt, muss an diesen Schuldgefühlen wer die Schuld haben. Die wirkliche Schuld! Und wen – bitte – gibt es hierzuerden noch, außer Frauen? Na eben!

Bedenken Sie, verehrte Leserin, diese Sachlage in Ihrer nächsten faulen Viertelstunde. Vielleicht artet sie dann zu einer ganzen und völlig schuldlosen aus.

Unsere Sprache ist frauenfeindlich

Unsere Sprache ist sexistisch und frauenfeindlich. Unentwegt tut sie Frauen verbal Gewalt an und bevorzugt die Männer!

Das lese ich schon seit geraumer Zeit in Artikeln und Aufsätzen von Frauen, die bemüht sind, dieser Gemeinheit ein Ende zu bereiten, aber ignorant wie ich bin, habe ich diesem Problem bisher nicht viel Ohrenmerk geschenkt.

Jedoch heute, im Liegestuhl sitzend und geschlossenen Auges alle Ungerechtigkeiten der Welt überdenkend, fiel mir das empörende Sprachproblem wieder ein und ich musste feststellen: Es ist wirklich gemein!

Die Männer kommen – zum Beispiel – immer zuerst dran. Auf amtlichen Formularen ist das festzustellen. Herr/Frau/Fräulein, heißt es da. Und in der Literatur von der Bibel bis zu den Brüdern Grimm tönt es gleicherart: Adam und Eva, Romeo und Julia, Hänsel und Gretel. Nur beim Schneewittchen stimmt mein Beispiel nicht. Aber da geht es ja um sieben Zwerge und nicht um sieben Männer.

Apropos Männer! Es gibt Männer und Frauen, aber höflicher klingt doch: Herren und Damen. Deswegen werden Männer stets mit »Herr« angeredet, niemand sagt: »Mein Mann, bitte folgen Sie mir!«

Aber unsereiner wird nie als »Dame« angeredet. »Dame Meier ans Telefon, bitte«, habe ich noch nie gehört, obwohl es Streiterinnen dafür gibt, die die »Dame Meier« endlich durchsetzen wollen.

In Bad Harzburg, habe ich gelesen, gibt es Dame Rechenberg, die strudelt sich seit Jahren dafür ab, dass endlich das ordinäre »Frau« gegen das edle »Dame« ersetzt werde.

Und Dame Rechenberg hat auch noch eine viel größere

sprachliche Gemeinheit aufgedeckt: »das Mädchen« und »das Fräulein«.

Es heißt: der Bub, der Junge, der Knabe. Den männlichen Kindern wird ihr männliches Geschlecht zuerkannt. Unsereiner ist als Kind sächlich. Dame Rechenberg schlägt »die Mädchen« und »die Fräulein« (Einzahl natürlich) vor.

Warum auch nicht? Das kleine »frau« statt dem kleinen »man« hat sich in sprachbewussten Frauenkreisen ja auch schon durchgesetzt. »Der junge Mann pfeift hinter der jungen Mädchen her, aber die junge Mädchen ist eine gut erzogene Fräulein und dreht sich nicht einmal um!«

Potztausend, schön klingt das nicht. Aber auf Schönheit sollte man auch nicht achten, wenn es um die Befreiung der Frauen geht. Und wenn wir einmal von klein auf unseren richtigen Artikel haben, dann haben wir es geschafft!

Oder?

Ausspannen!

»Ausspannen und abschalten sollten Sie einmal ein paar Tage!« Diesen Rat gibt man gern denen, die überlastet, überarbeitet und gestresst wirken. Der Rat ist ja wahrlich ein guter, nur fruchtet er leider meistens kaum, denn nichts im Leben fällt manchen Leuten schwerer als geruhsame Untätigkeit.

Sie sind ans »Eingespanntsein« so gewöhnt wie ein alter Droschkengaul, sie sind so eingeschaltet wie ein zwölfflammiger Luster und haben keinen Kippschalter zum Abdrehen.

Ich weiß, wovon ich rede, denn ich gehöre auch zu dieser Sorte von Menschen. Nichts wünsche ich mir sehnlicher, als eine Woche lang einfach gar nichts tun zu müssen. Doch kommt dann alle paar Jahre einmal tatsächlich so eine Woche, dann bin ich ratlos und verwirrt.

Diese raren Wochen können mir natürlich nur in der Fremde zustoßen, denn daheim finden sich Leute wie ich, wenn sie der Berufsarbeit entsagen, schnell eine berufsfremde Arbeit, die sie schuften lässt wie Stachanow.

Eine alte Kredenz abbeizen etwa, alle Fenster streichen, die Möbel umstellen, den Dachboden entrümpeln, einen Blazer schneidern oder andere ungeheuer lebenswichtige Beschäftigungen.

Und der schöne Stress, diese Arbeit in der arbeitsfreien Zeit zu schaffen, ist gegeben.

In ferner Fremde jedoch bleiben einem derartige tagesfüllende Tätigkeiten verschlossen und dann hockt man, sei es am Strand, sei es auf der Wiese, sei es in der Hotelbar, und tut unheimlich locker und entspannt, ganz so, als sei man beglückt dem Nichtstun hingegeben.

Aber tief drinnen in einem, da ist alles angespannt und irgendwas vibriert und liegt auf der Lauer. Und klingelt das Telefon auf der Theke der Hotelbar, zuckt man zusammen und fühlt sich betroffen.

Dass einen hier Telefongeklingel gar nichts angeht, dass hier absolut keiner etwas von einem will, muss man erst lernen. Es lässt sich natürlich lernen.

Am vierten Ausspanntag irritiert die Telefonklingel nicht mehr, am fünften schafft man es schon, in der Sonne zu dösen, ohne an zukünftige oder vergangene Berufsarbeit zu denken.

Am sechsten gelingt einem schon ein dreistündiger Mittagsschlaf und am siebenten hätte man das Ausspannen und Abschalten kapiert.

Aber da muss man dann leider abreisen.

Über die Kunst, warten zu können

Glücklich schätze sich, wer gelassen heiteren Gemüts warten kann; womit ich nicht das Warten auf das große Glück, den Berufserfolg oder den Tod der Erbtante meine, sondern das Warten auf einen Menschen, der längst daheim sein sollte.

Meine Mutter – zum Beispiel – ist eine schlechte Warterin. Sagt man sich bei ihr für 12 Uhr an und kommt zwanzig nach zwölf, verlebt sie zwanzig höllische Minuten, auch wenn man seit zwanzig Jahren immer verspätet bei ihr ankeucht.

In den Warteminuten fällt meiner Mutter alles ein, was einem Menschen widerfahren kann: Autounfall, Infarkt, ein folgenschwerer Ausrutscher auf vereistem Gehweg oder sonst eine Fürchterlichkeit, von der sie keine nähere Vorstellung hat.

Mit erlösten Seufzern öffnet sie mir regelmäßig zwanzig nach zwölf die Tür und sagt: »Hauptsach', dass d' endlich da bist, ich hab schon geglaubt ...« Und dann folgt die Aufzählung der möglichen Horror-Ursachen meiner Verspätung.

Aber die gute Frau hat wenigstens das Glück, sich ihre Negativ-Phantasien zu gestatten. Ich jedoch, bei ihr groß geworden, weiß, wie lästig Angehörigen diese Ängstlichkeit ist, und wage gar nicht, in Wartepanik zu verfallen. Ich bleibe cool, mein gut diszipliniertes Hirn weigert sich, den längst überfälligen Menschen in irgendeine abscheuliche Sache verwickelt zu sehen. Ach, sage ich mir, der sitzt wo im Kaffeehaus, dem ist sonst etwas dazwischengekommen, viel Zeitsinn hat er ja noch nie gehabt! Aber mein Gehörsinn spielt bei der Coolness nicht mit.

Kein einparkendes Auto, keine zuklappende Wagentür

entgeht ihm, kein Schritt im Treppenhaus. Und alle paar Minuten öffne ich ein straßenseitiges Fenster, um zu lüften; ganz bestimmt nicht, um ein gewisses Auto um die Ecke biegen zu sehen.

Und fällt dann endlich das Haustor mit dem ganz speziellen Knall ins Schloss, den nur der längst erwartete Mensch schafft, setze ich mich wieder locker und cool zurecht und frage so nebenbei: »Ach, warst noch im Kaffeehaus?«

Und auf die Frage, warum ich bei der herrschenden Kälte ein Fenster offen habe, erkläre ich etwas von Kochdünsten.

Ziemlich heldenhaft erscheine ich mir dabei. Und bin sehr verdutzt, wenn mir so ein Mensch – ein anderes Mal, in anderer Situation – vorhält, meine Zuneigung könnte keine hundertprozentige sein, weil ich mich noch nie um ihn geängstigt habe!

Unsere Angst vor den Superfrauen

Es gibt Menschen, die arbeiten unentwegt und so hurtig wie nur möglich. Und es gibt Menschen, die arbeiten so langsam, wie es nur geht, und recht selten dazu.

Die Leute, die sich vor jeder Arbeit drücken, sind natürlich nicht allzu beliebt.

Man macht sich über sie lustig, wenn man ihre Trägheit bloß zu beobachten braucht.

Man schimpft über sie, wenn man mit ihnen zusammenarbeiten muss, weil man andauernd einen Teil ihrer Arbeit zu erledigen hat.

Aber zu sehr mächtigen, negativen Emotionen lässt man sich normalerweise nicht hinreißen, wenn es um die Faulheit eines Mitmenschen geht.

Dafür bieten sich schon eher die Superemsigen an, die Arbeitsstreber, die Alltags-Stachanowisten. Die Bürokollegin, die jeden Tag gut dreimal soviel Arbeit erledigt wie wir und hinterher noch vier Fortbildungskurse besucht, damit sie »ausgelastet« ist, können wir weit weniger ausstehen als die Kollegin, der wir tagtäglich das halbe Arbeitspensum abnehmen müssen, um sie vor der Kündigung zu bewahren.

Und zur Superfrau, die trotz Beruf mit Überstunden für ihre drei Kinder die gesamte Kleidung näht, ihrem Mann die Haare schneidet, den Garten bestellt und zweimal die Woche zu einem 12-Personen-Essen mit fünf Gängen und Tischdekoration lädt, können wir auch keine recht gute Beziehung aufbauen.

Da sind wir schon viel lieber bei einer Dame zu Gast, bei der wir uns den Braten selber aufgießen müssen, wenn wir vor Mitternacht essen wollen.

Ihre Entschuldigungen, wieso und warum der Wohnzim-

merboden mit Kinderspielzeug übersät ist, nehmen wir wohlwollender zur Kenntnis als die Superordnung in der Superwohnung der Superfrau.

Speziell gestörte Beziehungen haben wir zu den Frauen mit Vorbildcharakter.

Zu denen, die uns von Mutter, Vater, Ehemann oder Kindern vorgehalten werden, wenn wir über zu viel Arbeit und zu wenig Freizeit klagen. Dass eine gewisse Hilde, Hertha oder Hermi mit den Aufgaben, unter denen wir fast zusammenbrechen, »spielend« fertig wird, erfüllt uns nicht mit Bewunderung für Hilde, Hertha oder Hermi, sondern lässt uns diese Person meiden wie die Pest.

Menschen, denen man sich unterlegen fühlt, zu mögen, gehört zu den schwierigsten Dingen im Leben.

Gute Vorsätze

In »jüngeren Jahren« hegte ich die optimistische Meinung, aus mir könne durch braves Training eine Frau werden, die genau weiß, »wohin das Geld kommt«, welches sie und ihr Mann verdienen. So erstand ich jedes Jahr am 2. Januar (falls das ein Sonntag war, am 3.) ein dickes Heft, schrieb auf den Umschlag »Haushaltsbuch« und versah die Seiten mit Längslinien, um Rubriken für diverse Ausgaben wie Essen, Kleidung, Vergnügen, Miete, Licht & Gas zu erhalten. Die letzte Rubrik übertitelte ich »Sonstiges« und trug gleich ein: Haushaltsbuch.

Dabei beließ ich es dann aber. Abgesehen von der Ersteintragung blieb das Heftl in jungfräulichem Zustand bis zum nächsten Silvester, um dann durch ein neues ersetzt zu werden. Natürlich hätte ich nicht jedes Jahr ein Heft kaufen, sondern nur die Jahreszahl auf dem Umschlag ändern und die Ausgabe fürs Heft streichen müssen. Aber es nimmt sich übel aus, beim Fassen eines guten Vorsatzes mit der Nase drauf gestoßen zu werden, dass man eben diesen Vorsatz voriges Jahr nicht einmal 24 Stunden zur Tat machte.

Dann kam plötzlich ein gnadenvoller Neujahrsmorgen, an dem ich endlich den guten Vorsatz fasste, keine guten Vorsätze mehr zu fassen, die meiner Natur und meinem Charakter zuwiderlaufen. Ich hatte also endlich meinen Frieden mit mir gemacht. Und, ohne mich als Lebensberaterin aufspielen zu wollen, würde ich auch Ihnen, verehrte Leserinnen und Leser, dieses anraten.

Ich meine nicht, man solle sich selbstzufrieden im Glanze all seiner charakterlichen Mängel und Unzulänglichkeiten räkeln. Aber – sei's bei Kleinigkeiten wie einem Haushaltsheft, sei's bei wichtigeren Dingen – wer mit Erfolg »an sich arbeiten« will, möge sich in die Richtung bemühen, in der man seine Talente und Begabungen vermutet. Sich zu »vergewaltigen« bringt – außer viel Frust – rein gar nichts.

Jeder Mensch hat Fehler und Schwächen. Wenn er dafür zum Ausgleich reichlich Tugenden und Stärken hat, reicht das ja wohl ... fürs kommende Jahr ... und für den Rest des Lebens auch! Und wenn Sie mit jemandem zusammenleben, der Sie dauernd drängt, »widernatürliche« Vorsätze ins Auge zu fassen, bleiben Sie hart, sagen Sie sich: Nobody is perfect!

Und jemand, der von Ihnen etwas verlangt, was Ihnen überhaupt nicht liegt, der ist schon überhaupt nicht »perfect« und sollte besser an sich selbst »arbeiten«, als an Ihnen herumzumäkeln!

Jetzt schmeckt einfach alles!

Gestern am frühen Abend kam mir plötzlich der Einfall, meine Sommergarderobe durchzuprobieren, weil ich wissen wollte, welche der edel knittrigen Leinen-Monturen und der nicht minder edel lappigen Seidendinger des Vorjahres meinen modischen Ansprüchen noch genügen können.

Seither geht es mir schlecht! Das sommerliche Zeug ist zwar durchaus und durchwegs noch recht reputierlich, aber ich fülle es leider allzu heftig aus.

Knappe zwei Kilo habe ich seit vorigem Sommer zugenommen und diese zwei Kilo haben sich satanischerweise nicht artig über den ganzen Leib verteilt angesiedelt, sondern lagern unartig ausschließlich um meine Mitte herum.

Schließe ich einen Rock- oder Hosenbund der vorjährigen Kleidung, fühle ich mich beengt und muss unschöne Aufwölbungen von Fett über der Taille wahrnehmen.

Von einer »Fettschürze«, wie das die Mediziner nennen, kann nicht die Rede sein, aber eine »Fettwurst« lässt sich zwischen Daumen und Zeigefinger unschön fassen.

Und meine Lieblingshose lässt sich überhaupt nur mehr schließen, wenn ich mich flach auf den Rücken lege, weil in dieser Lage der Bauch einsinkt.

Mit einer neuen Garderobe – eine Nummer größer – wäre Abhilfe zu schaffen, da dies aber eine sehr kostenintensive Lösung ist, verfiel ich gestern am frühen Abend auf die Idee, mein Körpergewicht einfach um zwei Kilo zu reduzieren.

Und seither geht es mir schlecht, denn seither habe ich etwas, was ich noch nie hatte: Hunger! Der Hunger rührt nicht daher, dass ich mir Esswaren versage, denen ich ansonsten reichlich zuspreche.

Ich bin üblicherweise überhaupt keine freudige Fresserin

und man muss mir einen Bissen dreimal andienen, bevor ich ihn lustlos konsumiere. Doch seit gestern Abend, seit ich mir »Diät« verordnet habe, erscheint mir alles Essbare im Hause als der Gipfel der Leibesgenüsse.

Schon dreimal zuckte meine Hand nach einem reichlich alten Scherzel Nussstrudel, den ich früher nie, aber wirklich nie, als essmöglich in Betracht gezogen hätte. Sogar an einem Sack Rosinen wollte ich mich schon vergreifen, wo ich doch dafür bekannt bin, dass ich Rosinen sogar aus dem Apfelstrudel entferne und am Tellerrand lagere.

Und in der Nacht träumte ich von einem Schmalzbrot!

Seit ich abnehmen will, kann ich nur noch ans Essen denken. Das ist kein Leben! Ich werde mit mir einen Kompromiss schließen und die Bundknöpfe versetzen!

Das arme Hirn muss einmal abschalten

An manchen Tagen, zu manchen Stunden, geht es ganz satanisch mit mir zu, und zwar so: Ich sitze wo und nehme – zum Beispiel – die Zeitung zur Hand und schlage sie auf und merke, dass ich in ihr nicht lesen kann, weil meine Brille nicht in Reichweite ist.

Also stehe ich auf, klemme mir die Zeitung unter den Arm und mache mich auf Brillensuche.

Kreuz und quer durchs Haus suche ich, und während ich emsig suche – wie das zugeht, ist mir ein Rätsel! –, vergesse ich, wohinter ich denn überhaupt her bin. Dann stehe ich still und sage mir: Nur keine Panik!

Ich kehre zum Ausgangspunkt zurück und setze mich – und gleich fällt es mir wieder ein: Ach ja, die Brille war's! So erhebe ich mich wieder und murmle »Brille, Brille ...« und finde sie nun tatsächlich bald.

Aber nun ist die Zeitung weg! Die habe ich irgendwo, während der Brillensuche, abgelegt.

Also tue ich die Brille von der Nase, denn die taugt nur zum Lesen, aber nicht zum Auffinden von Gegenständen, die meinen Augen entfernter sind als sechzig Zentimeter, und das ist die Zeitung im Moment.

Ich mache mich auf Zeitungssuche und vergesse – suchend –, wonach ich suche und erinnere mich und finde und habe die Zeitung und fahnde nach der Brille ... Manchmal spiele ich diese traurige Posse dreimal im Kreis mit mir durch.

Gedankenverloren, nennt das meine Mutter. Das klingt ja gar nicht so übel! Ganz im Gegenteil. Nur Leute, die sich Gedanken machen, können so sehr in ihnen verloren gehen, dass sie auf ihre kleinen Alltagsbeschäftigungen total vergessen.

Der Jammer ist nur, dass ich überhaupt keine Ahnung habe, an welche schönen, hehren und hohen Gedanken ich mich verloren habe. Bloß leer, unheimlich leer, komme ich mir bei solchen Aktionen im Kopf vor.

»Weil du sonst so viel denkst«, sagt meine Mutter. »Das arme Hirn muss eben einmal abschalten!« Mütter sind doch etwas sehr Nettes!

Mein guter Vater, lebte er noch, würde mir glatt grinsend und brutal sagen: »Gräm dich nicht, bis zur totalen Verkalkung dauert es noch Jahre!«

Puzzle-Sucht

Manche Neigungen können zu Leidenschaften werden, die fast Suchtcharakter annehmen. Und nicht selten wird man davon ohne Vorwarnung befallen.

Gut zehn Jahre – zum Beispiel – stieg ich emotionslos über halbfertige Puzzles meiner Töchter: höchstens, dass ich mich über die herumliegenden Werkstücke ärgerte. Dann, eines unschuldigen Tages, wieder einmal einen 5000-Stück-Mordillo übersteigend, blickte ich zu Boden und sah ein Stückchen blitzblauer Pappe mit fünf Ohrwascheln und – ganz ohne Absicht – sah ich auch im begonnenen Puzzle die Stelle, an die das blitzblaue Pappestück gehörte. Ich ließ mich auf die Knie nieder und legte das Pappestück an und war einer Leidenschaft mit Suchtcharakter verfallen. Trotz üppig anliegender Arbeit blieb ich auf den Knien und puzzelte vor mich hin, bis mich meine Tochter mit dem Hinweis, dass das ihr Puzzle sei und dass ich mich aufführe wie der »Papa mit der Eisenbahn«, vertrieb. Hierauf ging ich wochenlang mit Sehnsuchtsaugen an Auslagen, in denen Puzzles lagen, vorbei. Eines frustrierten Tages sagte ich mir, dass sich jeder Mensch seine Wünsche erfüllen sollte, und erstand so ein Riesending. Von da an nahm mein Interesse an Haushalts- und Berufsarbeit rapide ab. Stieg ich, von der Schreibmaschine zum Klo eilend, über mein Puzzle, hatte es mich schon in seinen Bann geschlagen. Vom Klo zurückkehrend, fand ich den Weg zum Schreibtisch nicht mehr. »Nur zehn Minuten«, redete ich mir ein und schreckte schuldbewußt zusammen, wenn drei Stunden später ein Familienmitglied das Zimmer betrat.

Sogar auf meinen alten Kater, dem ich ansonsten alles verzieh, wurde ich bitterböse und schimpfte ihn, wenn er mein Arbeitsstück als Ruhelager benutzte.

Und dann, eines Morgens – und ich kapiere heute noch nicht, wieso – stand ich auf, tappte durch mein halbfertiges Puzzle zum Bad, zerstörte es dadurch und schaufelte gegen Mittag die 5000 Teilchen in die Schachtel zurück und ging, ohne an einen einzigen Ohrwaschelstein zu denken, an mein Tagewerk.

Seither greife ich kein Puzzle mehr an. Auch wenn es hin und wieder lockt.

Ich bin, aus welchen Gründen weiß ich nicht – kuriert. Doch die Sucht, ich spüre es, könnte wieder aufflammen. Ein blitzblaues Steinchen zwischen den Fingern und ich wäre verloren!

Schätzen Sie doch, wie alt ich bin

Einen gewaltigen Schrecken jagen mir immer die Leute ein, die sich vor mir in Positur stellen, ein gewinnendes Lächeln um ihre Mundwinkeln zucken lassen und fragen: »Na, schätzen Sie einmal! Für wie alt halten Sie mich denn?« Dann sage ich meistens: »Ach, wissen Sie, ich bin überhaupt nicht gut im Altereinschätzen« und tue so, als ob es mir schon schwer fiele, ein Kleinkind von einem Murmelgreis auseinanderzuhalten.

Doch die Leute, die so gern auf ihr Alter geschätzt werden wollen, sind hartnäckig. Stur fragen sie weiter und lassen nicht locker und wollen mich zwingen, etwas zu sagen, was ich gar nicht meine und glaube, denn es ist ja nicht so, dass der aktive, sonnengebräunte Mittvierziger ohne Bauch erfreut wäre, wenn ich ihn auf Mitte Vierzig oder gar auf Anfang Fünfzig einschätzte. Er will ja von mir hören, dass ich ihm höchstens, aber auch allerhöchstens, fünfunddreißig Lenze zubillige.

Mildtätig mogeln kann man natürlich. Aber Erfolg hat man damit auch nicht immer. Man schaut die Dame an, die sich unbedingt schätzen lassen will, aufmerksam schaut man sie an, am Haaransatz unter den blonden Locken sieht man schlohweißen Nachwuchs blitzen, die Fältchen am Hals sieht man auch und die mit Make-up verdeckten Tränensäcke. Man lässt den Blick nach unten gleiten, straff ist es dort, wo das Mieder sitzt, weniger straff wabbert allerhand unter dem Kleid – dort, wo die Oberschenkel sind – und an den nackten Unterschenkeln erkennt man die typischen Male einer nicht ganz geglückten Krampfadernverödung. Sechzig ist sie, denkt man und spricht, ohne schamrot zu werden: »Fünfzig werden Sie sein, denke ich!« Aber das rundliche

Gesicht der Dame hellt sich nicht auf. Nein, die Mundwinkel sinken, Gram trübt ihren Blick.

»Die meisten Menschen schätzen mich für jünger ein«, sagt sie pikiert und wendet sich ab. Freundin hat man da keine neue geworben! Einzige Ausnahme auf dem Gebiet der Alterseinschätzung: Kinder und Jugendliche unter sechzehn Jahren! Die fragen einen zwar nie, für wie alt man sie denn eigentlich halte, aber verschätzt man sich an ihnen ungefragt und gibt ihnen fälschlich ein, zwei Jährchen Lebensalter mehr, erntet man glückstrahlende Blicke.

Es plappert die Mutter …

Heute Morgen erwachte ich um ein wenig weniger verschnupft, als ich gestern Abend röchelnd entschlummert war. Das erfüllte mich mit Freude. Ich stieg aus dem Bett und sagte zur Katze, die sich am Fußende des Bettes gähnend streckte: »Na, Süße, gehen wir frühstücken?« Aber die Süße konnte mich nicht verstehen, weil ich jeglicher Stimme bar war. Ich war nicht heiser, ich flüsterte nicht, ich krächzte nicht, ich war stumm!

Zuerst dachte ich, der Schaden sei leicht mit etlichen Schlucken Frühstückskaffee zu beheben, was ein Irrtum war. Nun ist es bereits Nachmittag und ich kann noch immer nicht reden. Mehr als ein tiefes, grollendes Grunzen, der Sprache der Hausschweine nicht unähnlich, ist meiner Kehle nicht zu entlocken.

Da ich meinen stummen Zustand bloß für einen grippebedingten, vorübergehenden halte, bin ich nicht weiter bekümmert; ich bin nur unerhört erstaunt, weil mir plötzlich bewusst wird, wie gern und wie viel ich normalerweise rede. Unentwegt will ich den Personen um mich herum irgend etwas mitteilen oder sie etwas abfragen.

Ich könnte natürlich meine Fragen, Kommentare und sonstigen Bemerkungen schriftlich niederlegen und sie meinen Hausgenossen unter die Nase halten, doch das fällt mir schwer, weil ich feststellen muss, dass nichts von dem, was ich äußern will, von großem Belang ist. Derartige Nichtigkeiten schreibt man einfach nicht auf.

Lauter Plunder will ich reden. Nichts als unnötiges Gequatsche! Und zu den Fragen, die ich gestellt hätte, wäre ich bei Stimme, weiß ich ohnehin zu neunzig Prozent die Antworten. Und neunzig Prozent der Mitteilungen, die ich gemacht hätte, wäre mein Kehlkopf nicht indisponiert, wären für meine Hausgenossen keine Neuigkeiten gewesen. Der Zettel, den ich mir zurechtgelegt habe, um mit meiner Familie die Kommunikation aufrechtzuerhalten, ist noch immer leer. Und ganz ungewohnt still ist es im Hause. Anscheinend bin normalerweise ich es, die lautstark redend und fragend Wirbel macht und gesprächiges Familienleben erzeugt.

Was mir besonders peinlich an der Angelegenheit auffällt, ist dies: Direkt heiter und gelöst schauen heute meine Hausgenossen aus! Ganz so, als freuten sie sich über einen unverhofften, erholsamen Tag!

Was ist nur aus uns geworden?

Manchmal, in den ganz stillen Stunden, wenn man der Besinnlichkeit anheim gefallen ist und dabei auch ein wenig an die eigene Person denken muss, dann fällt einem ein, wie man sich seinerzeit, vor vielen, vielen Jahren, in Jugendtagen, sein späteres Leben vorgestellt hat und wie sehr man sich dabei verkalkuliert hat.

Als vernünftiger junger Mensch hat man damals ohnehin keine größeren »Rosinen« im Kopf gehabt. Zu den naiven Maiden, die von Filmkarriere, Heirat mit einem Millionär und einem Leben auf Hawaii träumen, hat man nie gehört. Aber trotzdem – das muss man sich in stillen Stunden zugeben – ist alles sehr anders gelaufen als erwartet. Um die Anhäufung von »irdischen Gütern« geht es bei dieser Unzufriedenheit nicht. Von denen haben wir eine Menge, die wir in Jugendtagen gar nicht kannten, also für uns auch nicht erträumen konnten.

Um uns selbst geht es. Wir haben uns nicht unseren Erwartungen gemäß entwickelt. Als freundliche, heitere, gelassene Erwachsene haben wir uns entworfen, immer gerecht und gütig und einsichtig. Und ganz besonders edel dachten wir uns unseren zukünftigen Kindern gegenüber. Dem Lebenspartner meinten wir natürlich auch einmal die ideale Gefährtin zu sein. Auch geistig sahen wir uns in ständiger Weiterbildung. Theater, Oper, Ausstellungen, Bildungsreisen, alles wollten wir machen. Und dass wir alle wichtigen Neuerscheinungen auf dem Buchmarkt lesen werden, war ja wohl klar! Dass wir ein Vierteljahrhundert später neben einem Herrn im Halbschlaf den Abend vor einem TV-Gerät, Salzmandeln mampfend und zwei-glatt-zwei-verkehrt strickend, zubringen werden, haben wir wahrlich nicht angenommen. Dass wir den Nachwuchs ankeifen werden, bloß weil ein nasses Badetuch irgendwo herumliegt, hielten wir damals für eine absurde Vorstellung.

Und dass wir uns in unserer Freizeit eher für einen Kaffeehaustratsch als zu einem Ausstellungsbesuch entscheiden, hätten wir uns nie unterstellt.

Aber schließlich haben wir uns seinerzeit auch einen ganz anderen Ehemann, andere Freunde und andere Kinder erträumt. Wenn die alle so geworden wären, wie von uns erdacht, dann wären auch wir selbst sicher so wie seinerzeit geplant.

Erträumte Stunden des Alleinseins

Menschen, die andauernd von etlichen Familienmitgliedern Tag und Nacht umgeben sind – Hausfrauen und Mütter üblicherweise –, ersehnen oft nichts mehr als ein bisschen Ruhe, ein wenig Stille und einen Hauch von Einsamkeit. Sie träumen von ein paar Stunden, wo niemand ein Butterbrot gestrichen haben will, wo niemand einen Hosenzipp eingenäht haben will, wo niemand um eine Tasse Kaffee bittet. In diesen erträumten Stunden würden auch keine schrillen Kampfschreie aus dem Kinderzimmer dringen und die Oma würde nicht zum hundertelften Mal erzählen, wie ihr »endgültiger Bruch mit Tante Erna« seinen Anfang nahm. Keiner wollte, dass man ihn Vokabeln abfragt und sein blaues Hemd bügelt. Auch den rosa Buntstift müsste man nicht suchen. Und »Wer zuerst angefangen hat«, ginge einen gar nichts an.

Niemand wollte irgend etwas. Ganz für sich selber wäre man da und könnte – was man sonst nie kann – endlich tun, wozu man Lust hätte.

Und dann, eines unerwarteten Tages, ganz plötzlich und unvorbereitet, sind die erträumten Stunden da! Der Ehemann ist mit einem Freund zum Fischen, die Oma fährt ihrem fünfzigsten Maturatreffen entgegen und die Kinder, samt Hund, wurden von milden Freunden zum Baden mitgenommen.

Jetzt hat man sie, die erträumten Stunden! Beglückt und fassungslos nimmt man es zur Kenntnis. Und viele unter uns gibt es, bei denen überwiegt die Fassungslosigkeit. Sie können mit dieser Kostbarkeit nichts anfangen. »Zuerst wollte ich ja schlafen, einfach nichts als schlafen«, sagte mir eine Freundin, »aber dann habe ich die ganze Wohnung gesaugt!«

Oder: »Eigentlich wollte ich den Tag zum Lesen benutzen, aber dann habe ich die Kästen komplett umgeräumt. Dazu komme ich ja sonst nie!« Oder: »Ich war meine Freundin Eva besuchen. Aber wir sind gar nicht richtig zum Tratschen gekommen. Ihre drei Kinder waren so lästig!« Mit dem Alleinsein ist das halt so eine sonderbare Sache! Ist man es nicht gewohnt, ersehnt man es zwar, kann es aber nicht. Ist man es gewohnt, kann man es zwar, verabscheut es aber wie kaum etwas anderes im Leben. Dies bedenkend, erscheinen mir die armen Frauen, die erträumte Einsamkeitsstunden sinnlos vergeuden, als ziemlich glückliche Wesen.

Diät ist, wenn man's trotzdem macht!

Abmagern ist – auch wenn Frauenzeitschriften in Diät-Fahrplänen das Gegenteil behaupten – keine leichte Sache, sondern ein harter Kampf. Und wer meint, dass man diesen Kampf nur gegen sich selber führen muss, der hat entweder noch nie »abgespeckt« oder es unter ungewöhnlich günstigen Umständen getan.

Normalerweise hat der, der Gewicht verlieren will, in seiner Umgebung Leute, die diesem Wollen den Kampf ansagen.

Da ist zuerst einmal der mütterliche Elternteil, der vom Abmagern nichts hält, weil für ihn sein Kind ohnehin das schönste auf der Welt ist und bei Gewichtsverlust im Fall einer Grippe nichts »zuzusetzen« hätte. Also kocht die Mama sämtliche Lieblingsspeisen des Diätwilligen und bringt allein durch deren Duft den stärksten Willen ins Wanken.

Sollte der besorgte Elternteil der väterliche sein, kommt er plötzlich, ganz gegen seine Art, mit Zuckerbäckerpackerln zu Besuch oder spricht Esseinladungen in teure Restaurants aus.

Genauso schlimm sind Leute, die eine erfolgte Gewichtsabnahme – wie folgt – kommentieren: »Ja, ja! Jetzt ist dein Busen weg, aber dein Hintern ist gleich geblieben. Dadurch wirkt er viel dicker!«

Am gemeinsten aber benimmt sich der in der Familie, der dicker ist als der Abmagernde. Dieser Mensch fühlt sich persönlich getroffen, denn nichts vernichtet einen 80-Kilo-Menschen mehr als ein 60-Kilo-Mensch, der erklärt, er sei ein hässlicher Fettklumpen und müsse sein Gewicht auf 50 Kilo reduzieren, um wieder zu ein bisschen Selbstwertgefühl zu kommen.

Wie soll sich der 80-Kilo-Mensch bei solchen Reden füh-

len? Mies muss er sich fühlen! Und um 20 Kilo dicker, als er ohnehin schon ist! Weil sich dieser Mensch aber nicht mies und 100 Kilo schwer fühlen möchte, muss er den Futterverweigerer zum Essen bewegen.

Alle Tricks lässt er spielen, mit jeder List arbeitet er und gerät, wenn das nichts nutzt, in Panik. Ganz so, als ließe man ihn selbst verhungern. Und dann bekommt er die schrecklich üble Laune, die man Abmagernden so gern nachsagt.

Der, der wirklich abmagert, ist in diesem Zustand natürlich auch ein wenig übersensibel und hält es nicht aus, dauernd einen übel gelaunten Menschen um sich zu haben.

Also fängt er wieder zu essen an und sein 80-Kilo-Gefährte nickt wohlwollend und sagt: »Ich hab' ja gleich gewusst, dass du das nicht durchhältst!«

Wir sind leider kein Naturvolk mehr

Spülmittel für raue Männerhände

Unter den vielen dummen Fernsehwerbespots, die mich ärgern, gibt es einen Langzeit-Renner, der, so oft ich ihn auch sehen und hören muss, nichts von seinem negativen Reiz für mich einbüßt.

Ich meine den, wo eine blonde Dame zur Handpflegerin kommt und die Handpflegerin die Hände der Dame inspiziert und sich darüber freut, dass die Dame nun keine raue Haut mehr auf den Handerln hat.

Die Dame erklärt die neuerdings so gute Hautqualität damit, dass seit geraumer Zeit ihr Ehemann den Abwasch mache.

Worauf die Handpflegerin dreinschaut, als habe sie ganz entsetzliche Kunde vernommen, und konsterniert und kulleräugig fragt: »Ihr Mann?«

Und dann schaut die Blonde beschämt, doch gleich darauf wird sie wieder froh, denn die Handpflegerin verrät ihr die Marke eines Geschirrspülmittels, welches nicht nur das Geschirr blitzsauber macht, sondern auch ein wahrer Handbalsam ist.

Na fein! Jetzt braucht der Ehemann der Dame seine männlichen Männerhände nicht mehr ins Abwaschwasser zu tauchen!

Welch wirres Gehirn, frage ich mich, meint, mit dieser Botschaft auf Frauen unserer Zeit positiven Eindruck zu machen?

Hat sich in den Werbeagenturen noch immer nicht herumgesprochen, dass die Frauen heutzutage – alte wie junge – daran interessiert sind, ihre Ehemänner an der Hausarbeit so weit als möglich zu beteiligen? Auch wenn sie überhaupt keine Probleme mit ihren Händen und deren Rauheit haben?

Warum eigentlich kommen die Werbeleute nicht endlich auf die zeitnahe Idee, den Männern ein Geschirrspülmittel anzudienen? Vielleicht mit einem Slogan wie: »Harter Dreck braucht harte Hand!« Oder: »Raue Pranken lieben weiches Wasser?«

Kaum eine Frau, glaube ich, würde den Supermarkt verlassen, ohne das Spezialspülmittel für den modernen Mann eingekauft zu haben.

Die Werbeherren müssten das eigentlich wissen. Aber vielleicht haben sie Angst, die eigene Ehefrau könnte ihnen dann auch so eine Flasche nach Hause bringen.

Mordgelüste wegen ein paar Klamotten

Ein junges Mädchen, Tochter einer Bekannten, rief mich an und sagte, sie habe große Schwierigkeiten und würde gern dringend mit mir reden.

Zur vereinbarten Stunde kam ich ins Café und schaute mich verunsichert um, denn ich hatte die Tochter meiner Bekannten seit zwei Jahren nicht mehr gesehen, und Töchter zwischen vierzehn und sechzehn Jahren verändern sich oft gewaltig.

Das Mädchen, nach dem ich Ausschau hielt, hatte sich derart gewaltig verändert, dass ich es garantiert nicht erkannt hätte, wäre es nicht aufgesprungen und hätte Winkewinke gemacht.

Was ich mit blonden Stirnfransen, Schottenkilt und Trenchcoat in Erinnerung hatte, stand weiß geschminkten Gesichtes, schwarz umrandeten Auges vor mir. Ein roter Irokesenstreifen krönte sein Haupt. Im linken Ohr hatte das gute Kind sechs Flinserln, im rechten Ohr keines. Seine Fingernägel waren lackiert. Jeder Nagel in einer anderen Farbe.

Und abwärts der Taille war das junge Fräulein in Tüll gewandet; so wie seinerzeit meine Töchter in der Ballettschule; nur haben die damals auf mehr Tüll bestanden.

Ich verschluckte das »Servus, Puppi«, das ich schon auf den Lippen hatte, weil ich nicht sicher war, ob ein Kosename aus Schottenkiltzeiten noch angebracht sei. Dann setzten wir uns, und das Mädchen sprach von seinen Kümmernissen, die ziemlich gewaltig waren und zu denen ich keinen Rat wusste.

Aber davon will ich gar nicht berichten, sondern davon, dass ich nach einer Stunde Kaffeehaussitzen und einem halbstündigen Marsch durch die Innenstadt zutiefst verstört nach Hause eilte, weil mich die Kommentare der Wiener mit Herz, die meiner Punk-Begleiterin galten, aufs Tiefste getroffen hatten.

Dass jemand grinst, wenn ihm so ein außergewöhnlich gekleideter junger Mensch begegnet, dass jemand sogar den Kopf deswegen schüttelt, dass einer vielleicht auch »So was Narrisches« sagen könnte, hatte ich einkalkuliert.

Dass ich aber hören musste: »Da müsst' der Hitler her!« und »Nix wie vergasen!« und »Arbeitslager!«, damit hatte ich nicht gerechnet. Und damit, dass ein beleibter Mann, im Irrtum befindlich, ich sei die Mutter dieses Mädchens, mir wegen Erziehungsunfähigkeit »eine Watschn« anbot, schon gar nicht.

Herr im Himmel, die Wut des Zeitalters muss wahrlich groß sein, wenn ein paar absonderliche Klamotten ausreichen, »anständige« Leute in Mordgelüste zu treiben.

Lustbarkeiten

»Also weißt du«, sagte meine uralte Freundin Anna zu mir, »ein Wochenendhaus hätte ich ja schrecklich gerne! Aber in der Nähe von Wien kriegt man nichts mehr. Und ich fahre doch nicht zwei Stunden lang mit dem Auto ins Wochenende! Freitag hin, Montag früh retour! Das macht einen doch total kaputt, das ist doch ein Stress, den kein Schwein aushält!«

»Aber liebe Anna«, sprach ich, »du und ich, seinerzeit, in unseren Jugendtagen, sind wir jeden Sonntag zur Resi-Tant gefahren. Erinnerst du dich noch?«

Und um ihre Erinnerung aufzufrischen, beschrieb ich ihr den damals üblichen Weg von Hernals nach Gerasdorf zur Resi-Tant:

Mit dem C-Wagen zum Schottenring, von dort mit dem 331er nach Stammersdorf, von dort mit dem Autobus nach Gerasdorf. Und von dort zu Fuß quer durch allerlei Felder zur Resi-Tant.

Am Abend sind wir natürlich wieder zurückgefahren, denn so etwas Modisches wie »Gästebetten« hat meine Resi-Tant nicht besessen.

Knappe vier Stunden haben wir so jeden Sonntag verfahren. Stehend natürlich, denn die Autobusse und Straßenbahnen waren damals am Sonntag immer überfüllt.

Ich kann mich nicht erinnern, dass uns unsere Sonntagsreisen »unzumutbar« erschienen wären oder dass wir uns irgendwie gestresst gefühlt hätten.

»Ach Gott, damals, da waren wir ja noch so jung!« sagte Freundin Anna, ein nostalgisches Glitzern strahlte aus ihren Blauaugen und dann schwelgten wir gemeinsam in Erinnerungen an griesgrämige Schaffner und witzige und erinnerten uns an grandiose Endspurts auf Autobusse zu und an urtümliche Streitereien um Sitzplätze und waren uns plötzlich völlig einig, dass eine Zweistundenfahrt zum Schrebergarten der Resi-Tant gar keine lästige, scheußliche Angelegenheit, sondern eine erquickliche, heitere Sache gewesen sei, lustiger als die lustigste Superparty.

»Wir sollten direkt wieder einmal ...«, sagte Freundin Anna, dann seufzte sie, erhob sich, murmelte, dass es schon »wahnsinnig« spät sei, und bat mich, ihr ein Taxi zu bestellen.

Für gewisse Lustbarkeiten, scheint es, gibt es eine Altersgrenze.

Schade!

Ein Reserve-Schal

Na, gute weihnachtlich freudig gestresste Leserinnen und Leser, haben Sie schon alles brav beinand? Einkaufsliste für das Festmahl, Christbaum, Geschenke und Papier, um selbige einzupacken, Kerzen, Fransenpapier, Lametta? (Falls Sie das noch nicht haben, lassen Sie es bleiben, es ist ohnehin ein Umwelt-Sünder.)

Und die Rechnungen, die Sie beim Einkauf der Geschenke erhielten, sind die auch griffbereit? Könnte ja sein, dass Ihnen ein »langes Gesicht« am Heiligen Abend nahelegt, dem Träger der sauren Miene die Rechnung zwecks Umtausch auszuhändigen.

Wie meinen? Solch selbstverständliche vorbereitende Maßnahmen muss man Ihnen nicht raten? Alles erledigt, alles unter weihnachtlich Dach und Fach? Und wie steht's um Reserve-Geschenke? Oder gehören Sie zur Minderheit der Glücklichen, die sich völlig im Klaren sind, wer ihnen etwas schenkt und wer nicht?

Ich gehöre leider nicht dazu. Es gibt nämlich »Spontan-Schenker«. Meine Freundin Olga etwa. Eigentlich ist zwischen uns abgemacht, dass wir einander nichts schenken. Aber falls Olga vor Weihnachten in einer Auslage den Stift sieht, den ich Tage vorher in der Hand eines Menschen bewunderte, und falls sie genug Geld hat, ihn zu bezahlen, kauft sie ihn für mich; trotz Abkommens. Da sie aber nicht jedes Jahr vor Weihnachten etwas sieht, von dem sie weiß, dass ich es mag, oder weil sie nicht genug Geld hat, gibt es auch Jahre, wo sie das Abkommen hält.

Und da sie Überraschungen liebt, informiert sie mich nicht, in welchem Jahr wir gerade sind.

Und ich sehe es ihr ja an, dass sie dann enttäuscht ist,

wenn sie mir etwas überreicht, aber ich mit leeren Händen dastehe. Also tut stets ein »Reserve-Packerl« für Olga not. Schwierig ist da allerdings das richtige Einschätzen. Man will ja halbwegs »gleich« geben. Kriege ich einen Topflappen, wär's direkt peinlich, ihr ein Dior-Parfum zu überreichen. Ebenso peinlich, wenn ich von ihr den tollen Hut kriege und im Reserve-Packerl nur Essig-Zwetschken sind.

Also tun drei Reservepackerln not, mit preislich divergierenden Inhalten. Dass dann zwei davon keinesfalls an Olga gehen und jedes zweite Jahr alle drei nicht, macht kaum etwas. Es stellen sich bei mir regelmäßig noch andere Schenker ein, die ich, im Stress vorfestlicher Erledigungen, total vergessen hatte. Und so habe ich dann auch immer ein Geschenk für diese lieben Leute. Und sei's auch nur ein Topflappen für Großonkel Albert!

Vom Vorsatz, heuer nichts zu schenken

Je näher Weihnachten rückt, umso gespannter werde ich! Nicht dass ich, mir meine Kindlichkeit bis ins hohe Alter bewahrend, auf das gespannt wäre, was an Paketen unter dem Christbaum auf mich lauern wird, denn was dort meiner harren wird, ist mir ziemlich klar!

Schließlich habe ich meiner Mutter mehrmals angedeutet, dass mein Bestand an Bettwäsche kein großer ist und meine Lieblingsfarbe – für Bettwäsche – seit neuestem wieder »Reinweiß« ist.

Und nicht umsonst, meine ich, bin ich schon dreimal in Begleitung meines Mannes vor einem Tandlerladen stehengeblieben und habe eine bestimmte Kleinigkeit idiotisch lange angeglotzt.

Und es steht zu hoffen, dass nicht der Mann einer anderen Frau schuld daran ist, dass diese Kleinigkeit seit ein paar Tagen nicht mehr in der Trödlerauslage liegt. Und dass mein Nachwuchs nur geschmacklich einwandfrei Schenkbares auswählt, weiß ich aus langjähriger Erfahrung!

Ich bin auch nicht gespannt, ob ich es schaffen werde, allen Leuten, die ich beschenken will, gerecht zu werden, obwohl ich bis jetzt noch überhaupt kein Geschenk gekauft habe. Irgendwie, schließlich, schaffe ich es doch jedes Jahr. Und die Beschenkten scheinen nie allzu unzufrieden.

Gespannt bin ich, wer von allen meinen Freunden, die in den letzten Wochen erklärt haben, »die Schenkerei komplett abzuschaffen«, diesen Vorsatz endlich durchführen wird!

Seit gut einem Jahrzehnt nämlich höre ich von ernsthaften, aufrechten Leuten immer wieder: »Wir haben uns heuer geeinigt, die Geschenke abzuschaffen!« Und dann folgt viel

von Konsumtrottelei und Verlogenheit und Sinnleere und all den Argumenten, die ich nicht weiter aufzählen will, weil sie ohnehin jeder kennt.

Noch mehr beeindruckt bin ich allerdings immer dann, wenn mir diese ernsthaften, aufrechten Leute eine Woche nach Weihnachten erklären, wieso und warum sie dieses Jahr trotzdem geschenkt haben und beschenkt wurden.

Der Gründe, noch einmal, ein letztes Jahr, an diesem »Irrsinn« teilzunehmen, sind viele, und sie brauchen auch nicht aufgezählt zu werden, weil wir sie alle kennen.

Aber ich beeide hiermit in aller Öffentlichkeit: Der erste meiner Freunde, der tatsächlich damit aufhört, zu Weihnachten etwas zu verschenken, wird gebührend von mir belohnt; mit einem kleinen Weihnachtsgeschenk!

Was Autozutaten verraten

Wie ein Mensch sein Haus oder seine Wohnung einrichtet, sagt allerhand über ihn aus, oft mehr als das, was er selbst über sich sagt.

Wie aber ein Mensch sein Auto einrichtet, lässt oft noch mehr Rückschlüsse auf ihn zu als seine Wohnung, denn Möbel kann man ererbt haben, die scheußliche Spitzendecke kann von der Anna-Tante geschenkt worden sein, der gusseiserne Wahnsinnsofen kann einfach zu schwer sein, um ihn von der Stelle zu rücken.

Kurz und gut: Nicht alles, was in Wohnungen herumsteht, lässt auf den »Geschmack« des Besitzers schließen, aber fast alles, was an Autos klebt oder in Autos liegt oder hängt und von der Autofirma nicht mitgeliefert wurde, fällt in den Verantwortungsbereich des Autobesitzers.

Oder wollen Sie, geneigte Leserin, bestreiten, dass Sie von einem Mann, dem zwei Babyschühchen neckisch vom Rückspiegel baumeln, nicht eine ganz andere Meinung haben als von einem Mann, der am Wagenschlüsselanhänger das Foto einer nackten Schönen kleben hat?

Auch Kissen im Fond tun viel kund. Speziell die, die aus gehäkeltem Patchwork zusammengesetzt sind, wobei auf jedem Patchworkdeckerl eine plastische Häkelrose, abwechselnd in Rosa und Gelb, prunkt.

Müsste ich einem Jugendlichen Ratschläge zum gefahrlosen Autostoppen geben, würde ich ihm anraten, nur in Autos mit solchen Kissen zu steigen. Bieder und redlich geht es garantiert in ihnen zu.

Und ist, außer den Kissen, auf der rückwärtigen Ablage noch eine Klopapierrolle mit einem gehäkelten Zylinder drüber – könnte im Extremfall sogar ein Häkelpudel sein –, dann kann der Autostopper sogar in dunkelster Nacht auf einem einsamen Güterweg zusteigen und sich geborgen fühlen.

Sprüche und Abziehbilder, so sie humorige Zier und nicht Pflaster über Rostflecken sind, tun auch allerhand vom Wagenbesitzer kund. Nur lassen sie sich nicht so einfach deuten.

Wenn einer »Hetzt die Gleiter« aufgeklebt hat, ist das ja noch einfach. Wenn einer aber kundtut, dass zwei Waldviertler drei Leut' seien, und dazu noch eine Tiroler Autonummer hat, ist guter Rat teuer.

Suspekt sind jedenfalls die Wagenbesitzer, die ihre Gefährte mit überhaupt nichts ausstatten, die müssen ganz einfach etwas zu verbergen haben.

Gönnt euch etwas!

Als vor vielen, vielen Jahren ein Bekannter aus den USA zurückkam und berichtete, dass man dort das Geschirr, wenn nicht in einer Spülmaschine, unter andauernd fließendem Wasser abwasche, sagte meine Mutter, ihre zwei fest verstoppelten Spülbecken verteidigend: »Jeden Wahnsinn muss unsereins ja wirklich nicht mitmachen!«

Heute wäscht meine Mutter genüsslich ihr Geschirr unter fließendem Warmwasser und gedenkt schaudernd der Spülbecken ihrer Vergangenheit und der Sauerkrautfäden, Nudelflankerln und Fettaugen, die im stehenden Spülwasser umhertrieben.

Meine Mutter hat es auch aufgegeben, Bettwäsche zu flicken, Strümpfe zu stopfen und die Resteln vom Vortag aufzuessen. »Allein essen«, sagt sie, »ist sowieso schon trostlos genug! Da muss ich nicht noch zweimal das gleiche haben!«

»Allein schlafen«, sagt sie, »ist trostlos genug. Da muss ich nicht auch noch in geflicktem Zeug liegen!«

»Alt sein«, sagt sie, »ist sowieso schon eine trostlose Sache! Da muss ich mir doch das Leben nicht schwerer machen als nötig!«

Meine Mutter ist diesbezüglich auch ziemlich missionarisch tätig! Sie redet allen alten Damen, die zu ihr auf Besuch kommen, zu, doch nicht mehr sparsam zu sein. Sie mögen doch, fleht sie ihre alten Freundinnen an, ihre »letzten Brottag« nicht knausrig zu sich selbst verbringen.

»Ins Grab kannst doch nichts mitnehmen!« sagt sie ihnen immer wieder. Nach einem Leben voll erzwungener Sparsamkeit, meint meine Mutter, habe man ein Recht darauf, sich ein bisschen Luxus zu leisten; groß ist der ohnehin nicht, bei dem, was man an Pension bekommt.

Die alten Freundinnen meiner Mutter nicken ihr zustimmend zu, wenn sie solche Reden führt. Und dann sagen sie, dass sie meine Mutter »um ihre Einstellung beneiden«, dass es ihnen aber einfach nicht gelingt, »sich etwas zu gönnen«.

Von ihren wahrlich nicht sehr hohen Pensionen machen sie noch Rücklagen und hüten – meistens im Wäschekasten – etliche Sparbücher. Die Kinder und die Enkel werden das alles einmal erben. Traurig werden sie darüber sicher nicht sein.

Auf alle Fälle aber werden sie das Geld für etwas ausgeben, was sich die sparsamen alten Damen nie im Leben gegönnt hätten!

Seelenservice am Muttertag

Schaue ich dumpf auf meinen Kalender, sehe ich da rot dräuend in allernächster Terminzukunft »Muttertag« stehen. Am liebsten würde ich diesen Anlass, was meine journalistische Tätigkeit betrifft, genauso schweigend übergehen, wie ich dies auch privat tue, aber ich kann mich doch des Gefühls nicht erwehren, dass sich viele Leserinnen von mir muttertägliche Zeilen erwarten. Darum möchte ich doch in aller Kürze meine diesbezüglichen Gedanken notieren:

Also, es gibt der speziellen Tage viele. Den Tag der Milch, den Tag des Baumes, den Tag des Brotes, den Tag des Tieres ... und so weiter und so fort.

Alle diese Tage haben eines gemeinsam: Sie wollen auf ungute, nach Veränderung schreiende Zustände aufmerksam machen und zu ihrer Behebung beitragen.

Mehr Milch soll getrunken werden, weniger Bäume sollen sterben, mehr Brot soll gegessen werden, weniger Tiere sollen elend gehalten werden ... und so weiter und so fort.

Beim Muttertag verhält es sich aber sehr wohl sehr anders! Der Muttertag versucht – meiner bescheidenen Meinung nach –, ungute, nach Veränderung schreiende Zustände im Familienleben weiter bestehen zu lassen und zu zementieren.

364 Tage im Jahr lässt man die Mutter nicht nur das ihr Zustehende an Arbeit, Mühe und Plage entrichten, sondern lastet ihr auch noch binkelweise Arbeit auf, die in einer halbwegs partnerschaftlichen Familie auf Ehemann und Kinder verteilt wäre.

Und dann, am 365sten Tag des Jahres, am zweiten Sonntag im Mai, marschiert die latent träge, faule und selbstsüchtige Mannschaft auf, stellt sich in aller Herrgottsfrühe ans Bett der Mama und serviert Kaffee und Gugelhupf und Vergissmeinnicht und eine Einladung zum Restaurant-Mittagessen.

Alle Spieler der Mannschaft machen Glupschaugen und »ehren« die Person, die so »selbstlos und aufopfernd« für sie da ist, und »statten ihr Dank ab«.

Leider ist die Mutter meistens über diesen verlogenen Vorgang der Ehrung und des Dankabstattens tatsächlich sehr gerührt. So gerührt, dass sie ein Jahr lang wieder gut funktioniert.

Das »Seelenservice« ist damit vollzogen und es kann hübsch hässlich nach den alten Strukturen, die jedem in der Familie – außer der Mutter – nützen, weitergehen.

Die Vertreibung aus dem Paradies

Viele erwachsene Menschen, die auf eine halbwegs glückliche und halbwegs behütete Kindheit zurückblicken können, bedauern des öfteren die Vertreibung aus dem sogenannten »Paradies der Kindheit«.

Meistens ist der erwachsene Mensch bei diesem nostalgischen Rückblick ja enorm im Irrtum. So schön, so ungetrübt, so voll Glückseligkeit, wie er das verklärt erinnert, war sein Kinderleben garantiert nicht. Aber es gibt schon Sachen, die einem unwiederbringlich verloren gegangen sind, wenn man erst einmal sich selbst verantwortlich geworden ist und seinen Mann oder seine Frau zu stehen hat. Ich, zum Beispiel, trauere Herbst für Herbst, wenn mich ungeimpfterweise Schnupfen-Husten-Heiserkeit mit erhöhter Temperatur überfällt, meinen Kinderkrankenständen nach. Zehn Jahre alt sein, einen Wollschal um den Hals gewickelt haben und die Füße in sauer riechende Essigpatschen gepackt zu drei winzigen Schlückchen Majorantee überredet werden, einen vierten Polster anfordern dürfen, »Mama, der Hals tut weh« jammern können, etwas Schöneres hat das Leben nie mehr zu bieten!

Vor dem Fenster regnet es und der Wind heult, wer von draußen hereinkommt, ist nass und durchfroren und sagt, man könne froh sein, im warmen Bett zu liegen. Und in der Schule haben sie gerade Mathe-Schularbeit und man ist total unschuldig daran, dass man sie versäumt. Ob man Lust auf Apfelkompott hat, wird man gefragt, und jede halbe Stunde wird einem die Tuchent gewendet. Und wenn man leidend klagt, dass einem bettlägerig »fad« sei, erbarmt sich ein Familienmitglied und spielt Karten mit einem und verliert dabei aus lauter Mitleid absichtlich. Natürlich kann man

auch als Erwachsener, so man sich eine nette Familie gegründet hat, im Grippefall die Tuchent wenden lassen, um Majorantee bitten und Essigpatschen und Wollschal anfordern. Aber einen zu finden, den man ganz ernsthaft wegen der Halsschmerzen anjammern kann, ist schon schwerer. Und an die Arbeit, die man gerade erledigen würde, wäre man gesund, lässt sich überhaupt nicht denken. Vor allem aber kann sich der erwachsene Grippekranke nicht mehr als geliebter Mittelpunkt der Familie vorkommen. Und das ist es ja, was die Krankenstände der Kinderzeit so wunderschön gemacht hat.

Wir sind leider kein Naturvolk mehr

Irgendwo bei Neuseeland gibt es eine Insel, dort lebt ein – wie man so nett sagt – von der Zivilisation unentdeckter Eingeborenenstamm. Die Angehörigen dieses Stammes arbeiten, teils weil sie bescheiden sind, teils weil sie auf fruchtbarem Boden leben, nur zwei Stunden am Tag. Sie sind also, im Zivilisationsjargon unserer Breiten ausgedrückt: Freizeitmillionäre!

Freizeit, sagt man, werde in dräuender Mikroprozessoren-Zukunft unser aller gähnendes Problem sein. Da liegt doch die Frage nahe, was der arbeitskarge Eingeborenenstamm den ganzen Tag tut und ob wir uns daran kein Beispiel nehmen könnten?

Das ferne Naturvolk widmet seine Freizeit den Träumen. Nach ausgedehntem Frühstück erzählen alle, was sie geträumt haben. Dann findet »Traumarbeit« statt. Man interpretiert die Träume und arbeitet sie auf. Na, wär' das was? Oder haben Sie Bedenken? Ich habe sehr wohl Bedenken! Bloß ein knappes Achtel meiner Träume – grob geschätzt – halte ich für hemmungslos erzählbar. Ich hege den Verdacht, gewisse Details meiner Träume, Bezugspersonen zur Kenntnis gebracht, könnten deren Zuneigung zu mir etwas verringern. Meine Träume fremden Deutungen preiszugeben, halte ich für eine Zumutung.

Ist mir selber schon unerklärlich, wieso ich mit dem Herrn Pivonka, der mir in wachem Zustand nur Ärgernis ist, eine zärtliche Ehegemeinschaft träume, was würde erst meine Umwelt für Schlüsse ziehen? Ich habe im Traum auch schon am Begräbnis eines nahen Verwandten teilgenommen; und dies ohne größere Gemütsbewegung.

Meine heitersten Träume sind die, in denen ich überhaupt

keine Familie besitze, und einmal, in einem Traum, traf ich eine verhasste, ehemalige Schulkollegin, die stellte mir ihren Mann und ihre Kinder vor und ich war erfüllt von schadenfroher Genugtuung, weil die Vorgestellten mein Mann und meine Kinder waren.

Solche Träume sind nicht unverfänglich genug, um sie nach dem Frühstück zu erzählen! Und sicher geht das nicht nur mir so. Leute, die mir Geträumtes berichten, plötzlich stocken und murmeln: »… und dann, dann weiß ich nicht weiter …«, wüssten sehr wohl weiter! Sie schweigen bloß, besorgt um ihre zwischenmenschlichen Beziehungen. Ich kenne einen Mann, den irritierten die Träume seiner Frau so, dass er sich scheiden lassen wollte. Als die Frau hierauf die Träume bei sich behielt, wurde er noch böser. Schließlich ging sie dazu über, ihm Träume zu erfinden. Womit die Ehe gerettet war. Wir sind halt leider kein Naturvolk mehr!

Hände weg vom Staubsauger

Frau A. hat vor etlichen Wochen in der Zeitung gelesen, dass zuviel Staubsaugen der Gesundheit schade, weil beim Saugen Feinstaub mit Pilzsporen, Bakterien und allergieerzeugenden Stoffen in die Luft geblasen werde und dann beim Einatmen in die Lunge wandere. Frau A. wollte das nicht glauben und fragte ihren Arzt. Der bestätigte es und sagte ihr, in vielen Krankenhäusern sei man schon davon abgekommen, Staubsauger zu verwenden, denn häufiges Staubsaugen belaste den Organismus ähnlich schwer wie starkes Rauchen.

Nun glaubte Frau A. die gelesene Botschaft. Trotzdem holte sie tagtäglich den Staubsauger aus dem Schrank und saugte längs und quer durch die Wohnung. Sie konnte nicht anders! Sie musste! Sie verfiel der Depression, wenn sie auch nur einen Tag nicht saugte.

Herr A. und die Kinder A. seufzten und grinsten – je nach ihrer momentanen Laune – und sagten, da könne man nichts machen, die gute Frau habe halt den Putzfimmel! Frau A. selbst war ratlos. Bis zur Lektüre des Zeitungsartikels hatte sie den Putzfimmelvorwürfen Hygiene-Argumente entgegengehalten und erklären können, sie putze ausschließlich im Dienste an der Familie, um diese vor Krankheiten zu schützen, die aus dem »Dreck« kommen können. Nun sah sie ihre Argumente durchlöchert wie Emmentaler. Und es war ja nicht nur der Staubsauger! Machte sich Frau A. mit einer Spraydose hurtig über einen Schmutzfleck her, belehrte sie der Sohn über »Treibgas und Ozongürtel«. Wischte sie mit einem Säftlein den Tisch strahlend, hüstelte die Tochter provokant, japste nach Luft und röchelte: »Pfui, Chemie!« Und Herr A. behauptete, der Juckreiz, den er auf dem Popo verspüre, komme sicher von Rückständen im wöchentlich einmal gewaschenen Bettzeug! Frau A. kam so weit, dass sie selbst ihre Vorstellungen von Sauberkeit als Zwangsvorstellungen begriff. Jetzt hält sie sich zurück. Sogar ihren Liebling, den Staubsauger, greift sie kaum mehr an. Aber manchmal, in einer stillen Gasse, da kann man Frau A. zu einem dreckigen Auto hinwieseln sehen. Verstohlen schaut sie sich dann um und schreibt mit dem Zeigefinger SAU in die Staubschicht. Das erleichtert sie ungemein!

Warum das so ist, weiß sie nicht. Aber darauf kommt es ja auch nicht an. Hauptsache, sie fühlt sich hinterher etwas wohler.

Wer fürchtet sich vor einer Spinne?

Was einen Menschen in Angst und Panik versetzt, pflegt individuell sehr verschieden zu sein, wenn man von den großen, weltbedrohenden Schrecknissen einmal absieht. Viehzeug aller Arten, zum Beispiel, erzeugt Menschen Angst. Doch warum einer gerade vor einer ganz bestimmten Sorte Getier panischen Schrecken hat, weiß er nicht zu sagen.

Manche Leute versuchen ihre Angst zu rationalisieren. »Weil mich als kleines Kind ein Dackel gebissen hat«, erklären sie, wenn sie eines leinelosen Hundes wegen die Straßenseite wechseln.

Und ihre rasante Flucht vom Schanigarten ins Innere des Lokals kommentieren sie mit den Worten: »Ich bin nämlich als Baby von drei Wespen gestochen worden!« Dem ist jedoch entgegenzuhalten, dass es eine Menge gestochener und gebissener Personen gibt, die keine Angst vor Hunden und Wespen haben. Und bei den Spinnen etwa zieht das schon gar nicht; die stechen nicht und beißen nicht. Zu beobachten ist ferner, dass zwar unter denen, die sich vor ein und derselben Sorte Getier fürchten, füreinander Verständnis vorhanden ist, dass aber über jene, die gegen anderes Getier allergisch sind, der Kopf geschüttelt wird. Bekomme ich den panisch geweiteten Flackerblick, weil eine dicke Spinne am dünnen Faden vor meiner Nase baumelt, ergreift meine Tochter das Spinnenvieh, trägt es behutsam zum Fenster, schubst es sorgsam hinaus und spricht: »Jetzt dreh nicht durch! Mach dich nicht lächerlich!« Brummen aber in ihrem Zimmer drei grünblaue Schmeißfliegen, holt sie mich kreischend zu Hilfe und ich sage genau das gleiche, was sie mir zur Spinne gesagt hat. Und beobachten wir beide jemanden, der ob eines mittleren Hundes aschfahl bebt, zwinkern wir uns belustigt zu. Und dass irgendwer vor unseren fauchenden, kratzenden, allerliebsten Katzen Angst haben könnte, erscheint uns absurd. Die sind doch keine Fliegen und keine Spinnen! Wie es meinem Mann mit Getier ergeht, fällt mir ein, weiß ich nicht. Er klatscht Schmeißfliegen tot, trägt Spinnen weg, geht auf große Hunde zu und wachelt mir Wespen vom Glas. Das muss er! Seine Frau und seine Töchter fordern ihn im Bedarfsfalle an. Ganz schön verdutzt wären wir, würde er wegen einer Maus auf den nächstbesten Sessel klettern! Er hat seine männliche Rolle zu spielen. Und die schließt Angst vor Kleingetier aus. Angst vor einem Löwen, die würden wir ihm zugestehen. Aber Löwen kommen bei uns nicht vor!

Einblick in fremdes Familienleben

Dort, wo ich als Kind wohnte, gab es, im Haus gegenüber, eine alte Frau, der sagte man nach, sie beobachte Tag und Nacht mit einem scharfen Operngucker die gegenüberliegende Häuserfront und nehme so an etlichen Familienleben intimen Anteil.

Zu diesem Zwecke, hieß es, habe die alte Frau extra zwei Gucklöcher in ihren schönen Spitzenvorhang geschnitten. Damit ihre hinterlistige Beschäftigung nicht durch ein Lüpfen des Vorhanges allzu auffällig werde. Frei erfunden dürfte diese Unterstellung der Anrainer nicht gewesen sein, denn diese alte Frau konnte tatsächlich erstaunliche Details über die diversen Familien im Haus gegenüber kundtun; und sie tat es auch.

Ich erinnere mich noch gut meiner jugendlichen Verblüffung, als ich einmal hustend und niesend bei der Milchfrau stand und jene alte Frau rügend zu mir sagte: »Christerl, das kommt davon, weilst immer ohne Nachthemd schläfst!« Das war in den ersten Nachkriegsjahren und das waren günstige Zeiten für den geheimen Zeitvertreib der alten Frau, weil damals die grünen, hölzernen Jalousien, die an den meisten Fenstern montiert waren, aus Altersschwäche nicht mehr funktionierten und auch dicke, Einblick verwehrende Stoffvorhänge beim Durchschnittsbürger kaum vorhanden waren.

Damals bekamen auch die Leute ohne Operngucker und ohne gesteigertes Voyeurinteresse ziemlich viel vom Familienleben derer, die ihnen gegenüber wohnten, mit. »Halb eins ist es, die Meier setzen sich zum Mittagessen«, war eine tägliche Zeitansage meiner Großmutter. Und wenn ich nicht ins Bett gehen wollte, zeigte Mutter zum Haus gegenüber und sagte mahnend: »Schau, der Franzl liegt auch schon im Bett!«

Heutzutage wird uns das Frühstück und das Mittagessen und das Zubettgehen der Vis-a-vis-Menschen durch Rollos und Jalousien und Vorhänge und Gardinen aller Arten und Sorten entzogen.

Sicher ist das ein enormer Fortschritt, der uns unheimlich viel zudringliche Belästigung erspart. Aber ein ganz kleines bisserl Trost und Zuwendung geht dadurch auch verloren. Sehr lieb habe ich nämlich aus Kleinkinderzeiten die Opernguckerfrau in Erinnerung, wenn sie mir auf der Gasse ein Zuckerl schenkte und dazu sagte: »Weil deine Mama dich gestern so ausgeschimpft hat!«

Ein paar Minuten für die Schönheit

Leute, die in Zeitschriften über Schönheitspflege schreiben, haben allesamt den Tick, zu behaupten, man brauche bloß »ein paar Minuten«, um »optimal« auszusehen, womit, nehme ich an, »so gut als möglich« gemeint ist. Besonders den nicht mehr ganz jungen Frauen, die in solchen Artikeln gern »reif« genannt werden, versprechen die Verfasserinnen, dass »ein paar Minuten pro Tag genügen, um den sichtbaren Alterungsprozess aufzuhalten«.

Abgesehen von der berechtigten Frage, warum eine fünfundvierzigjährige Frau nicht wie eine fünfundvierzigjährige Frau aussehen darf, sind diese »paar Minuten pro Tag« eine unfromme Lüge!

Ich habe mir aus etlichen Artikeln zusammengesucht, was die »reife Frau« als Minimum an Körperarbeit zu leisten hat: Um die Brüste nicht erschlaffen zu lassen, stemmt sie Hanteln dreißigmal zur Seite, nach oben und nach vorne. Dann massiert sie das Brustgewebe mit weicher Bürste, braust die Brüste mit kaltem Wasser und schmiert sie mit Brustcreme ein. Hierauf wendet sie sich den Oberschenkeln zu, an denen das Bindegewebe so leicht erschlafft, massiert sie mit einem Luffa-Handschuh, arbeitet Spezialcreme ein und macht heiße und kalte Wechselduschen.

Nun kommt der Hals dran! Der kriegt einen Wickel mit lauwarmem Avocadoöl! Das ist gut gegen Falten. Um Bauchansatz zu verhindern, wird gerudert; ohne Boot, in der Luft. Fußgymnastik ist für »reife Zehen« Pflicht! Und die Ellbogen darf man nicht vergessen. Die badet man in Öl. Sonst verraten sie das wahre Alter! Dann braucht's nur mehr ein kleines Augenbad, damit die »reifen Augen« glänzen wie einst, und nun folgt ein Häuchlein Make-up, wobei rote

Äderchen mit grüner Creme verdeckt werden. Keine Angst, die sieht man nicht, auf die kommt noch Feuchtigkeitscreme und Grundierung und Transparentpuder! Und nun darf auch die »reife Frau« zufrieden mit sich sein!

Pardon, ich habe das Haupthaar vergessen! Aber was die »reife Frau« in ein »paar Minuten« schafft, das ist halt in einem einzigen Artikel nicht unterzubringen.

Was man alles tun könnte, wenn …

»Ein Mensch mit begabten Händen und etwas Phantasie im Kopf kann aus den kleinsten Resterln und Abfällen wahre Kunstwerke herstellen!« sagt meine Tante Käthe immer, und da sämtliche Frauenzeitschriften, die ich durchblättere, in Wort und Bild ebenfalls dieser Meinung sind, glaube auch ich an die kunstvolle Restverwertung.

Bevor man aber an das Verwerten schreiten kann, muss man sammeln. Daher besitze ich:

Eine riesengroße Schachtel mit quadratisch zurechtgeschnittenen Stofffleckerln, aus denen eine Patchworkdecke werden soll.

Eine noch größere Schachtel mit zu Bällen gerollten Stoffstreifen, aus denen ein Fleckerlteppich gewebt werden soll. Drei Nylonsäcke voll mit alten Strumpfhosen, aus denen man mit einer Häkelnadel Nummer zwölf Badezimmermatten fertigen kann.

Einen Sack mit Lederresten, die, zu feinsten Streifen geschnitten und aneinandergenäht, zu einer sehr außergewöhnlichen Jacke verstrickt werden sollen. Und in einem vermischten Korb gibt es noch Holzkugeln und Hanf, Perlen und Blumendraht, Bast und Pelzfleckerln, Teddybäraugen und Filz, Litzen, Borten und Spitzen. Kasperlfiguren könnte man aus dieser Materialiensammlung machen, Puppen, auch Tiere. Und die Perlen – die bunten, zylinderförmigen – könnte man zu irre schicken Frühstücksets auffädeln!

Der Jammer ist nur, dass ich von einer Patchworkdecke in Rottönen träume und meine Fleckerlsammlung eher grünblau getönt ist. Den Fleckerlteppich hätte ich hinwiederum gern sehr grün, aber die Streifenbälle, die ich mühsam aufgewickelt habe, sind rot-gelb gestreift. Und die alten

Strumpfhosen sind grau oder braun. Etwas Hässlicheres als einen graubraunen Badezimmervorleger kann ich mir schwer vorstellen.

Und so viel Geduld, wie man braucht, Leder in Spaghettistreifen zu schneiden und diese zu einer Jacke zu verstricken, habe ich nicht. Mein Kasperlfigurenmaterial allerdings ist komplett! Da aber fehlt mir das Kind, das ich damit beschenken könnte.

Außer diesem Kind fehlt mir natürlich auch noch die Zeit zum kreativen Resterlverwerten. Aber das macht nichts! Vor meinen Schachteln zu hocken, in Fleckerln, Hanf, Bast, Leder, Pelz und Wolle zu wühlen und sich dabei vorzustellen, was man alles tun könnte – wenn man könnte –, ist sehr entspannend.

Wer kennt ihn nicht, den Dings

Von meiner Mutter kann man oft eine Erklärung wie folgende zu hören bekommen: »Der Dings vom Dings wegen dem Dings war da!«

Ins harte Kreuzverhör genommen, gibt sie jedoch dann zu, dass Herr X von der Versicherung wegen der Prämie vorgesprochen habe.

Rügt man sie ob der vielen Dings in ihrer Rede, schiebt sie die Schuld dem Alter zu, was aber nicht stimmt. Sie »dingst«, seit ich sie kenne. »Dingsen« hat nichts mit Alter und Kalk zu tun. Die der Dings-Manie Verfallenen reden bloß schneller, als sie denken. Womit ich aber nicht sagen will, dass sie zu langsam denken. Sie reden zu schnell!

Und sie sind nicht bereit, ihren heftig strömenden Redefluss ein klein wenig zu stauen und kurz zu überlegen, wie Botschaften allgemein verständlich übermittelt werden können. Auf diese Idee kommen sie auch deshalb nicht, weil sie meinen, alle anderen müssten über ihre Gedankengänge und Gedankensprünge Bescheid wissen. Was meistens nicht ganz falsch ist.

Kommt – zum Beispiel – jemand aus dem Bad und spricht: »Ich muss endlich den Dings reparieren!«, weiß man ja, den verstopften Zustand des Abflusses kennend, genau, was mit »Dings« gemeint war.

Man sollte überhaupt mit den der Dings-Manie Verfallenen gnädig umgehen, denn schließlich ist niemand gegen dieses Unwort gänzlich gefeit, auch wenn man es nur benutzt, wenn einem ein Wort oder ein Name wirklich nicht einfällt, wenn er zwar »auf der Zunge liegt«, aber nicht von dieser will.

In der Notlage greift fast jeder zum Dings, fügt aber –

und das unterscheidet ihn von den echten Dingsern – entschuldigend hinzu: »Aber es fällt mir gleich wieder ein!« Was manchmal zu optimistisch gehofft ist. In der Regel will das »Dings« erst dann von der Zunge, wenn man aufgegeben hat, darüber zu sinnen und sich damit herumzuplagen. So muss es auch der Dame ergangen sein, die gestern im Kino hinter mir saß und plötzlich sehr laut, während vorne auf der Leinwand ein langer Kuss stattfand, ausrief: »Albert! Jetzt hab' ich's wieder! Breinstingl heißt der Dings!« Das unwillige Gezischel, das sich darob im Kino erhob, muss ich als wenig einfühlsam bezeichnen. Ein jeder sollte doch wissen, wie erleichtert man ist, wenn man es endlich geschafft hat, aus einem »Dings« einen Breinstingl zu machen.

Schlichte Fichte

Die Einstellung der Menschen zum Christbaum ist keine einheitliche. Abgesehen von denen, die gar keinen Christbaum mögen, divergieren auch die Ansichten der zum Christbaum positiv eingestellten Leute ganz gewaltig. Meistens stammt die Idealvorstellung »Christbaum« aus Kindertagen. Entweder will man so einen, wie man ihn als Kind hatte, weil man mit ihm zufrieden war, oder man hat seine Kinderchristbäume als »Feindbild« und will einen ganz anderen.

Schwierig wird es, wenn zwei Leute mit verschiedenen Christbaumidealen zu einem Kompromiss kommen müssen. *Er* sagt: »Fichte schlicht! Nicht höher als einen Meter!« *Sie* sagt: »Silbertanne doppelt, bis zur Zimmerdecke!« *Er* sagt: »Weiße Kerzen, Engelshaar und sonst nichts!« *Sie* sagt: »Ketten, Lametta, Sternspucker, Glaskugeln, Zuckerln und überhaupt alles, was man aufhängen kann!« Da Weihnachten Männer milde stimmt und Frauen von Natur hartnäckiger sind, ist anzunehmen, dass *Sie* ihren Willen durchsetzt und eine große Silbertanne erstanden wird. Auch ist anzunehmen, dass der Heimweg friedlich verläuft, weil *Er* zu Weihnachten ohne Murren im nahen Supermarkt eine billige Dachgalerie ersteht, um das grüne Monstrum verkehrssicher nach Hause zu transportieren, wobei *Sie* ihn tröstet: »Eine Dachgalerie kann man immer brauchen!«

Aber zu Hause, das weiß ich aus Erfahrung, wird es schlimm. Im Freien nämlich wirken Bäume viel kleiner als im Wohnzimmer, man kann sich da leicht verschätzen. Und *Sie* hat jetzt wirklich keine Zeit, dem Baum die unteren neunzig Zentimeter abzusägen. Und wie ein dicker Stamm in ein kleines Kreuz zu zwängen ist, ist ja nun wirklich Männersache!

Letztlich könnte es aber sein, dass *Er* und *Sie* doch noch zu einem artigen Kompromiss kommen, weil *Sie* vergessen hat, wo sie nach dem sommerlichen Großreinemachen die Schachteln mit dem Christbaumschmuck hingetan hat. Also sitzen dann *Er* und *Sie* des Abends vor dem schönen, grünen Kompromiss. Der Baum ist so groß, wie *Sie* wollte, und so »kahl«, wie *Er* wünschte, und *Er* und *Sie* können wieder lieb zueinander sein.

Weihnachtsgaben im Rückblick

Na, wie war es denn heuer mit den Geschenken, verehrte Leserin? Haben Ihre mehr oder weniger Lieben Ihre geheimen Wünsche getroffen? Oder hat man Sie durch oberflächliche Geschenkswahl tief getroffen?

Hat Ihnen Ihr Mann das Buch geschenkt, das er schon längst hatte lesen wollen? Oder hat er der Werbestimme vertraut, die wochenlang verkündet hat, dass ein Bügeleisen ein sehr »persönliches Geschenk« sein kann?

Und sind Sie sich schon klar, ob Sie es wagen dürfen, von Ihrer Schwiegermutter die Rechnung für den schweinsrosa Morgenmantel zu fordern, damit Sie ihn umtauschen können?

Und wie werden Sie es mit dem Maiglöckerlwasser halten, das eine ruchlose Verkäuferin Ihrem achtjährigen Sohn ins seidige Sternenpapier gewickelt hat?

Und wie verkraften Sie es, dass sich Ihre Tochter im Pullover, den Ihnen Ihr Mann geschenkt hat, pudelwohl fühlt? Wunder ist es ja keines. Der Pullover passt schließlich ausgezeichnet zur karierten Hose Ihrer Tochter. Was die Tochter, dem Papa beim Einkauf behilflich, sicher bedacht hat. Und wie, verehrte Leserin, haben Sie denn geschenkt? Ist Ihr Gewissen rein? Oder kommt Ihnen Ihr Ehemann in der himmelblauen Hausjacke nicht doch etwas verloren vor? Fragen Sie sich, ob die Oma mit Absicht oder aus Altersvergesslichkeit das »Super-Tiefkühlkost-Sägemesser« unbedingt unter dem Christbaum liegen ließ? Und wie steht's um die froschgrüne Tasche, von der ein Verkäufer sagte, sie sei der Traum aller jungen Mädchen? Wieso hat Ihre Tochter dann gestern die alte Handtasche genommen, als sie außer Haus eilte?

Oder stricken Sie etwa noch am Halsausschnitt vom Pulli, den Sie Ihrem Mann schenken wollten? Wenn dem so sein sollte, nehmen Sie es nicht tragisch. Jetzt, ohne Überraschungszwang, können Sie wenigstens ordentlich Maß nehmen.

In den vergangenen Jahren – Hand aufs Weihnachtsherz – war es doch ohnehin immer peinlich, wenn der arme Kerl freudig und im Scheine der Flackerkerzen das gute Stück anlegen wollte und den Kopf bloß bis zu den Ohren durchs Halsloch bohren konnte und Sie dann murmeln mussten: »Das trenn ich wieder auf!« Eben! Eine gewisse Zögerlichkeit bei der Geschenkeproduktion hat ihre Vorteile.

Woran sich keine Frau gewöhnen kann

Perfekter Zweit-Papa!

Immer wieder muss ich über die Herren staunen, die in bereits fortgeschrittenen »besten Jahren« noch so supervital und agil sind, dass sie ein »zweites Leben« anfangen.

Nicht beruflich natürlich, nur familiär!

Die »Erst«-Kinder sind fast erwachsen, und die »Erst«-Frau hat sich im Laufe der Jahre bedauernswerterweise etwas abgenutzt, also heißt es halt tapfer wieder von vorn anfangen!

Scheidung – neue Frau – neues Kind (üblicherweise aber nur ein Exemplar, weil die Unterhaltskosten für die studierenden »Erst«-Kinder das Budget meistens doch etwas belasten)!

Was an der agil-vitalen Angelegenheit so staunen macht, ist der Umstand, dass die meisten dieser tapferen Herren zweitfamiliär ein völlig anderes Verhalten an den Tag legen als in der ersten Ehe.

Seinerzeit waren sie mit Beruf, Hobbys und Pflege von Freundschaften (zu beiderlei Geschlecht) ausgelastet. Für so Kleinkram wie Kinderaufzucht hielten sie ihre Ehefrau zuständig.

Und wenn sie sich pro Woche ein Stündchen Zeit für ihre Kinder abzwackten, hielten sie sich schon für perfekte Familienväter.

Im zweiten Eheleben jedoch schaut die Sache anders aus! Da lernt der Papa – wenn nicht schon »bei der Geburt mitatmen« – wenigstens »Wickeln« und »Flascherl geben«, er sieht auch ein, dass die junge Mama ein bisschen Freizeit vom Baby braucht, während der er es zu hüten hat.

Und dass er sich, ein paar Jahre später, die Kindergärtnerin, der er seinen »Zweit«-Spross anvertraut, genau anschauen muss, damit er sein schutzbedürftiges Würmchen nicht etwa einer Furie ausliefert, versteht sich von selbst!

Und was dann die Einschulung betrifft, führt er mit der »Zweit«-Frau viele, viele Abende lang ausführliche Gespräche. Ist ja lebensbestimmend, in welche Schule ein Kindlein eintritt; das hat ein guter Papa zu bedenken. Und dazu hat er auch noch zu lernen, wie man Kasperltheater spielt! Und Märchen gut erzählt! Und aus Kastanien und Zahnstochern einen Zoo bastelt.

Macht ja nicht nur dem Kind Spaß! Macht auch dem Papa Spaß! Gar nicht gewusst hat er, wie viel Befriedigung einem Mann das Zusammensein mit Kindern geben kann!

Ist wirklich schön, wenn ein Mann – spät, aber doch – einsieht, wo die wahren Werte im Leben liegen; nur etwas befremdlich, dass es den »Erst«-Kindern oft so schwer fällt, sich darüber neidlos freuen zu können!

Die neuen Väter: Liebe auf Zeit

Die »neuen Väter« haben sich im letzten Jahrzehnt von einer vernachlässigenswerten Minderheit zu einer recht beachtlichen Minderheit gemausert. »Neue Väter« sind die, die mit dem Kinderwagen fahren, Breichen verfüttern, Baby baden und wickeln und überhaupt so viel Anteil an der Erziehungsarbeit nehmen, dass sie ihren Kindern zu echten Bezugspersonen werden.

Da ist es auch nicht erstaunlich, wenn den »neuen Vätern« wissenschaftliches Interesse zuteil wird und in der einschlägigen Literatur, wo früher fast nur von der Mutter-Kind-Beziehung abgehandelt wurde, jetzt auch von der Vater-Kind-Beziehung und Untersuchungen zu dieser zu lesen ist.

Wie sich – angeblich – die Abwesenheit des Vaters auf die Entwicklung des Kindes auswirkt, hat man uns ja schon längst lang und breit auseinandergesetzt.

Nun wird aber auch untersucht, wie sich die Anwesenheit des Mannes – die hegende und pflegende, nicht die zeitungslesende und fernschauende – auf das Kind auswirkt.

Aus den mir bekannten Studien geht hervor, dass es nicht vom Geschlecht abhängt, zu welchem Elternteil ein Kind eine intensivere Bindung aufbaut.

Vater und Mutter sind in gleicher Weise für die Säuglingspflege geeignet (abgesehen vom Stillen natürlich) und auch die Unterschiede im mütterlichen und im väterlichen Pflegeverhalten sollen nicht allzu groß sein.

Und *was* den »neuen Vätern« an ihrer selbstgewählten Rolle missfällt, wird den meisten Müttern recht bekannt vorkommen: Sie beklagen, immer verfügbar sein zu müssen, sie vermissen die fehlende Gesellschaft Erwachsener und finden zu wenig Unterstützung bei ihrer Umwelt. Es geht ihnen also, könnte man sagen, ganz wie den Müttern!

Aber wenn ich dann lesen muss, dass fünfzig Prozent der Familien, die für diese Studien untersucht werden, nach längstens zwei Jahren wieder zum »traditionellen Lebensstil« zurückgekehrt sind, merke ich doch, dass zwischen Vätern und Müttern immer noch ein großer Unterschied ist.

Die Männer können anscheinend, wenn es ihnen nicht mehr passt, den »neuen Vater« ablegen, wieder ihren Geschäften und ihren Neigungen nachgehen und dabei ganz auf die »alte Mutter« vertrauen.

Badewannenputzen ist Frauensache

Ich kenne eine Frau, deren Arbeitstag beginnt um halb sechs Uhr am Morgen und endet kurz vor Mitternacht, weil sie außer ihrer Tätigkeit als Sekretärin einen Haushalt mit zwei kleinen Kindern zu versorgen hat. Ihre Wochenenden sind auch kaum erholsamer – bis auf ein wenig länger schlafen –, denn am Samstag und am Sonntag erledigt sie die Hausarbeit, die unter der Woche nicht mehr zu schaffen war.

Diese Frau hat einen Mann, der – wie man so nett sagt – im Haushalt keinen Finger rührt. Im Freundeskreis rätselt man sogar, ob er Brot schneiden kann.

Dass er sich weigert, seinem kleinen Sohn die Schuhe anzuziehen, habe ich selber schon gehört. »Geh zur Mutti, Burli«, sagt er dem Knaben, freundlich über den Zeitungsrand lächelnd.

Und wenn er in die Badewanne steigen will und die Wanne hat einen Schmutzrand, schlägt er Krach und brüllt, dass er in einem verlotterten Haushalt leben müsse. Der Hinweis, dass dieser Schmutzrand von seinem gestrigen Bad stamme, lässt ihn kalt. Er als Mann, sagt er, sei nicht zum Badewannenputzen geboren. Dazu sind die Frauen da.

Schimpft man ihn wegen dieses Verhaltens, erklärt er stur, er verdiene genug Geld, um eine Familie ordentlich zu ernähren. Seine Frau müsse ja nicht arbeiten gehen, auf das »bisschen Geld«, das sie verdiene, könne man verzichten. Daher sei es ausschließlich Angelegenheit seiner Frau, wie sie mit der »Doppelbelastung« fertig werde.

Die Frau wird nicht fertig damit. Weder mit der bösartigen Einstellung ihres Mannes noch mit der Doppelbelastung. Sie ist nur schön langsam schon »fix und fertig«. Aber Lösung sieht sie keine, und gute Ratschläge kann man ihr eigentlich auch nicht geben, denn alle Umerziehungsversuche fruchten nur bei halbwegs gutwilligen Männern.

Die guten Ratschläge hätte man in diesem Fall vor mehr als einem Vierteljahrhundert der Mutter dieses Herrn geben müssen, denn die hat ihm ja eine Kindheit und Jugend lang beigebracht, was er sich unter einer »guten Hausfrau und Mutter« vorzustellen habe.

Dass sie, aus Solidarität zu ihrer künftigen Schwiegertochter, dem Sohn das Badewannensäubern und Brotschneiden und Bettenmachen und drei Dutzend anderer Handgriffe beibringen sollte, ist ihr nie in den Sinn gekommen. Heute sieht sie das ein. »Wirklich, du bist ein sturer Bock«, schimpft sie ihren Sohn. Aber ein vierzigjähriger sturer Bock hört auch nicht mehr auf seine Mutter.

Zwiegespräch mit Bauch und Glatze

Nachstehendes hat nur insofern mit »Haushalt« zu tun, als es meinen Gefühlshaushalt zum Sieden brachte; was sich wiederum auf meinen Haushalt auswirkte, weil ich nur in sanfter Gemütslage gut koch' und bereit bin, anderer Leute Mist wegzuräumen. Was meinen Gefühlshaushalt irritierte und zum Sieden brachte, war dieses:

Ich saß im Kaffeehaus, las Zeitung und achtete nicht der Gäste, die hinter mir Platz nahmen.

Beim Sportteil angekommen, der mein Interesse nur minimal beansprucht, widmete ich einen Teil meiner Aufmerksamkeit dem Gespräch der Leute hinter mir und hörte folgendes:

Herr 1 (angewidert): »Hast die Frau vom Fritzi in letzter Zeit gesehen?«

Herr 2 (schaudernd): »Brr! Schrecklich!«

Herr 1: »So was von fett! Und schiach wie der Zins! Ungustig!«

Herr 2: »Des Doppelkinn und der Bauch!«

Herr 1: »Und Haar wie ein Klobesen!«

Herr 2: »Ich glaub', sie trinkt auch!«

Herr 1 (entschieden): »A schrecklichs Weib! Ka Wunder, dass er eine andere hat!«

Hierauf endete der Dialog in Geseufze, ich drehte mich um und besah die zwei Herren.

Jeder von ihnen wog über hundert Kilo.

Der Fettbauch des einen war so enorm, dass er zwischen Hemdknöpfen behaart herausquoll.

In beider Herren Barte waren außer Bierschaum auch Brotkrümel und Gulaschsaft.

Um die Glatzen der zwei Herren kräuselten sich fettige,

ungekämmte Resthaare, und hätten sie Krawatten getragen, wären die Krawattenknöpfe garantiert von den Speckfalten ihrer Vierfachkinne verdeckt gewesen.

Ich starrte die zwei an. Sie nahmen meinen intensiven Blick zur Kenntnis und lächelten. Da sehr fette Gesichter wenig Mimik haben, bin ich mir nicht ganz sicher, ob sie mir nicht auch zugezwinkert haben; doch fast möchte ich es annehmen.

Schließlich standen meine zwei Herren auf und schritten bierrülpsend Richtung 00. Sie kamen an einem Spiegel vorbei, blieben stehen, beschauten sich zuversichtlich im spiegelnden Glase – der eine wischte mit dem Handrücken Schaum vom Bart, der andere fuhr sich mit allen zehn Würstelfingern durchs restliche Haupthaar –, dann marschierten sie weiter.

Stolz, selbstbewusst und sicher!

Ein Fettbauch, ein Vierfachkinn, ein Krümelbart, eine Struwwelglatze – solange man männlichen Geschlechts ist, spielt das anscheinend keine Rolle. Man ist ja gottlob nicht Fritzis Frau!

Mit zwei Stichen …

Die »Paschas« und »Haustyrannen« haben ja, wie man allgemein hört, längst ausgedient und sind durch den »neuen Mann« ersetzt worden.

Das Modell »neuer Mann« zeichnet sich vor allem dadurch aus, dass es die Ehefrau nicht mehr autoritär und selbstherrlich zu persönlichen Dienstleistungen heranzieht, sondern akzeptiert, dass jeder Mensch für die Bedürfnisse der eigenen Person selbst zu sorgen hat!

Aber natürlich ist der »neue Mann«, wenn es um die Erledigung kleiner – früher als »weiblich« geltender – Arbeiten geht, nicht so versiert wie seine Ehefrau.

Wie sollte er auch? Sein Papa und sein Opa haben ihn ja nicht von klein auf dazu erzogen!

Also muss der »neue Mann«, so unangenehm ihm das auch ist, seiner Ehefrau doch hin und wieder eine Arbeit aufhalsen, die er eigentlich selbst erledigen wollte. Und weil er dies als sein »Versagen« ansieht und weil jedermann sein Versagen gern so klein wie möglich hält, reduziert der »neue Mann« die Dienstleistung, um die er bei der Ehefrau einkommt, auf ein Minimum.

Er sagt nicht: »Bitte, bügle mir das blaue Hemd!« Er spricht mit Dackelblick: »Kannst du mir – nur so ein bisserl – den Kragen vom Hemd ausstreifen?«

Und wenn er ein faustgroßes Loch im Socken hat, fädelt er zuerst farblich unpassende Stopfwolle durch ein Nadelöhr, steht dann mit dem Socken in der einen und dem baumelnden Faden in der anderen Hand seufzend herum und fragt – so ihm nicht Socken und Faden aus den Händen genommen werden – artig an: »Könntest du mir das Loch da ein wenig zusammenziehen?«

Und falls ihm ein Knopf vom Mantel zu fallen droht, ersucht er die Ehefrau darum, dass sie ihn »mit zwei Stichen« wieder fixiere.

So viel Bescheidenheit ehrt ja nun wahrlich den »neuen Mann«!

Das Dumme an der Sache ist jedoch, dass es keine Ehefrau über sich bringt, wirklich nur über den Hemdkragen zu »streifen«, das Sockenloch »zusammenzuziehen« und den Knopf halslos mit »zwei Stichen« zu fixieren! Sie tut ganze Arbeit und hätte es gern, dass selbige auch gehörig gewürdigt wird! Und drum schaut sie einigermaßen vergrämt, wenn der Herr Gemahl wieder einmal um »zwei Stiche« ersucht.

Und der »neue Mann« meint dann, dass die »neue Frau« nicht einmal zum minimalsten Liebesdienst an ihm bereit sei! Und kommt sich noch viel ärmer vor, als er eh schon ist!

Gerettete Männerfaulheit

Gestern erzählte mir meine Mutter, sie habe auf dem Heimweg vom Einkaufen eine alte Bekannte getroffen, eine fast achtzigjährige Frau, mit viel zu hohem Blutdruck und auch sonst nicht mehr die »Allergesündeste«. Beim Austausch der altersbedingten Beschwerden habe diese Frau meiner Mutter geklagt, dass sie die anfallende Hausarbeit nur mehr mit Mühe schaffe.

Da sei vor allem ihr Enkel, ein zweiundzwanzigjähriger junger Mann, der wohne zwar nicht bei ihr, aber seine Wäsche bringt er ihr immer. Und der junge Mann wünsche für jeden Tag ein »frisches Hemd«. Und das Bügeln dieses täglichen Hemdes bereite der alten Frau große Schwierigkeiten.

»Ja, warum tut sie's denn?« fragte ich. »Der junge Mann …«

»Genau!« unterbrach mich meine Mutter. »Das habe ich ihr auch gesagt! Der junge Mann hat ja schließlich nicht nur eine Großmutter, sondern auch eine Mutter!«

»Mutti!« rief ich rügend und meine Mutter schwieg und schaute leicht schuldbewusst, weil sie sich – durch viele Gespräche mit mir indoktriniert – theoretisch längst zu der Ansicht durchgerungen hat, dass Hausarbeit auch Männerarbeit sein könnte. Doch Theorie und Praxis sind leider zweierlei: »Aber der junge Mann ist doch den ganzen Tag in der Arbeit!« trumpfte meine Mutter auf.

»Seine Mutter auch!« entgegnete ich, die Familienverhältnisse wohl kennend.

»Aber ein junger Mann kann doch gar nicht bügeln«, sagte meine Mutter.

»Jeder junge Mann kann das lernen«, sagte ich.

Damit waren meiner Mutter auch die praktischen Argumente ausgegangen und sie rief, als letzten Ausweg: »Ich bitt' dich! Immer dieser Justamentstandpunkt! Eine gute Mutter macht so Kleinigkeiten einfach aus Liebe!«

Ja, ja! Genau das ist der Punkt, an dem die Männer, alte wie junge, heutzutage den Hebel ansetzen. Denn die Zeiten, in denen man Frauen durch ökonomische Abhängigkeit zu Dienstleistungen an Männern zwingen konnte, sind vorbei. Jetzt bügeln wir aus »Liebe«. Und hält die Mama nichts von dieser Form der Zuneigung, springt die Oma ein. Und gibt es die nicht mehr, wird ein junges Fräulein »aus Liebe« tätig. Irgendwie retten die Männer schon ihre Faulheit durch die Generationen.

Nächtliches Ausgehverbot für Männer

Frauen werden von Männern sexuell belästigt. Am Arbeitsplatz, auf der Straße, in Lokalen, einfach überall dort, wo Frauen auf Männer treffen. Mit Männern ist schwer über dieses Thema zu reden

Auch die, die nicht hinter Frauen herpfeifen, Frauen keine eindeutigen Anträge stellen und sich nie als »Busengrapscher« versuchen, neigen dazu, ihre Geschlechtsgenossen, die all dies und noch mehr tun, zu verteidigen und deren Verhalten als »harmlos« hinzustellen.

Männer sind eben Eroberer! Und eine Frau soll sich geschmeichelt fühlen, wenn sie belästigt wird. Eine hässliche wird ja schließlich in Frieden gelassen! Und Männer müssen doch aktiv werden! Und Frauen erwarten das ja auch! Und wenn sie es nicht mögen, dann müssen sie sich halt wehren!

»Wie soll man denn sonst herauskriegen, ob sie will?« sagte mir ein Mann mit Unschuldsmiene. Viele Männer glauben halt noch immer an den dummen alten Witz, der da heißt: Sagt eine Dame »nein«, meint sie »vielleicht«, sagt eine Dame »vielleicht«, meint sie »ja«, sagte eine Dame »ja«, dann ist sie keine.

Wären »Damen« wirklich so, hätten die Busengrapscher ja recht. Wie soll man zu Wesen, die immer »nein« sagen, es aber nicht meinen, anders als handgreiflich Kontakt aufnehmen?

Und die Frage, ob Frauen überhaupt Kontakt aufnehmen wollen, stellt sich den meisten Männern anscheinend gar nicht. Dass eine Frau trotz »wippender Oberweite« ungeschoren durch den Alltag schreiten will, glauben sie nicht.

»Dann soll sie sich nicht so herrichten«, heißt es. Oder: »Dann soll sie halt nicht allein in der Nacht auf die Straße gehen!«

Ja, ja, Frauen sind selbst schuld, wenn sie sexuell belästigt werden. Wie kommt auch eine erwachsene Frau auf den aberwitzigen Gedanken, allein des Nachts spazierenzugehen? Da macht sie sich ja absichtlich zum »Opfer«! Man müsste direkt, um die armen Männer nicht zu »Tätern« werden zu lassen, ein nächtliches »Ausgehverbot« für Frauen einführen.

Einfacher allerdings wäre ein nächtliches Ausgehverbot für Männer. Dann könnten Frauen völlig ungeschoren ihrer nächtlichen Wege gehen. Doch das, fürchte ich, wird sich kaum durchsetzen lassen.

Woran sich keine Frau gewöhnen kann

An viele Unannehmlichkeiten und Ungeheuerlichkeiten im Leben kann man sich gewöhnen, werden sie einem mit schöner Regelmäßigkeit vorgesetzt. Man kann sich schließlich nicht ein halbes Jahrhundert mit dem gleichen Elan darüber erregen, dass der Ehemann hinter allen Damen mit Oberüberweite herzappelt.

Wenn man deswegen nicht schon im siebenten Ehejahr die Scheidung verlangt hat, kann es sein, dass man am Tag der Goldhochzeit Mitgefühl spürt, weil der Mann bei den Überoberweiten nicht mehr hoch im Kurs steht.

Ich kenne auch eine Frau, die gelassen hinnimmt, dass der Mann jährlich ein Auto zu Schrott fährt. Sie fragt dann bloß: »Verletzte?« Und wenn dies nicht der Fall war, seufzt sie erleichtert und klebt weiter Borten an Lampenschirme. In Heimarbeit. Jährlich ein neuer Wagen muss schließlich verdient werden!

Ich weiß auch von einer Dame, die nach zehn Ehejahren die Geld verschlingende Spielleidenschaft ihres Mannes als Krankheit wie jede andere sieht und ihm Essigpatschen macht, wenn er nach verlustreichen Nächten vor sich hin siecht.

Abgestumpft, gutmütig, verständig, könnte man da sagen. Aber die ganze Erklärung kann das nicht sein, denn die beschriebenen Damen haben auch ein paar Dinge, auf die sie im Laufe der Jahrzehnte mit immer heftigeren Aggressionen reagieren. Meistens sind das dann – für Außenstehende – Kleinigkeiten.

Die Frau mit dem Geldverspieler kriegt Wutanfälle wie Rumpelstilzchen, wenn ihr Mann das nasse Badetuch vor der Badewanne liegen lässt.

Und die Frau vom Schrottfahrer muss den Raum verlassen, wenn sich ihr Mann schnäuzt. »Er schnäuzt so widerlich«, sagt sie. »Ich könnte ihn umbringen!«

Eine Untugend der Mitmenschen gibt es aber, an die sich keine Frau gewöhnen kann. Ich zumindest habe noch keine Frau erlebt, die »geduldig warten« gelernt hat.

Auch dann nicht, wenn sie vier Kinder großgezogen hat, die nie zum vereinbarten Termin nach Hause gekommen sind. Auch dann nicht, wenn sie mit einem Mann lebt, für den sie seit Jahrzehnten das Nachtmahl über Dunst warmhalten muss.

Mild abgeklärt zu Hause hocken, in der Überzeugung, dass es egal ist, ob sich die fix vereinbarte Heimkehr der Lieben um Stunden verzögert, kann keine Frau. Ich auch nicht. Ich erlebte mich noch nie hilflos wütender als in der Situation einer gramvoll Wartenden. Warum das so ist, weiß ich nicht.

Ich weiß nur eines: Wäre ich beim Warten nicht mehr wütend, wäre das ein grobes Indiz für einsetzenden Mangel an Zuneigung.

Wahre (Männer-)Freundschaft

Die großartigsten, edelsten und tiefsten Freundschaften gibt es angeblich zwischen Männern. So eine »echte Männerfreundschaft« – das ist ein uralter Mythos unserer Kultur – ist der freundschaftlichen Beziehung zwischen Frauen absolut überlegen.

Freilich stimmt es, dass Frauen leichter mit Frauen Freundschaft schließen als Männer mit Männern, aber das besagt ja nur, dass wir Frauen viel oberflächlicher sind! Wir suchen halt nicht das »Tiefe und Wahre« in der Freundschaft und geben uns damit zufrieden, dass wir eine weibliche Person zum Reden und Zuhören, zum Teilhaben und zur Freizeitgestaltung haben.

Freilich stimmt es auch, dass Männer untereinander viel eher über Sport, Autos, Geschäfte und Politik reden als über persönliche Probleme, während Frauen mit befreundeten Frauen über so ziemlich alles reden, was sie glücklich oder unglücklich macht. Aber was besagt das schon?

Unsereiner redet halt oberflächlich und stundenlang dahin und daher. Männer, die miteinander wahrhaft befreundet sind, haben das überhaupt nicht nötig, sie verstehen einander auch ohne viele Worte »tief und wahr«. Ein Blick, eine coole Andeutung, eine bittere Bemerkung lassen den Freund wissen, dass der Freund Schwierigkeiten hat. Weiter nachfragen wäre allerdings der Männerfreundschaft nicht zuträglich.

Nachfragen kann der Mann ja später daheim bei seiner Frau, so diese mit der Frau des Freundes befreundet ist. »Sag einmal«, kann er fragen, »der Otto war heute so merkwürdig, so deprimiert. Hat er was?«

Und dann informiert ihn die Frau über Ottos Sorgen, die

sie von Ottos Frau detailliert geschildert bekommen hat, und der Mann lauscht ergriffen und seufzt und sagt, wie leid ihm der Otto tue, und bespricht mit seiner Frau, ob und wie dem Otto zu helfen sei. Die Frau bespricht das dann am nächsten Tag mit Ottos Frau. Sehr lang, sehr ausführlich und ziemlich oberflächlich, versteht sich! Und wenn der Mann dann seinen Freund Otto wiedertrifft, dann schaut er ihn an, mit einem tiefen, wahren, echten Freundschaftsblick und spricht karg: »Geht's, Alter?« Und der Otto antwortet: »Geht schon, Alter!« Und sie sind ein Herz und eine Seele und befreundet, wie das nur Männer schaffen.

Beim Zirkus müsste man sein

Manchmal trifft man auf Leute, die man uneingeschränkt bewundert, weil sie so viel so gut können. Da hat zum Beispiel einer – wie man so schön sagt – aus dem »Nichts« sein Geschäft aufgebaut, hält es hübsch florierend, verliert nie die Nerven und den Humor, hat auch noch andere Talente, wie die Fähigkeiten, Uhren zu reparieren, Regale zu basteln, weiß sogar, wie man Geld anlegen muss, dass es mehr Zinsen als üblich trägt, versteht es, weiße mit roten Rosen zu kreuzen, und kann singen, dass jeder Popstar vor Neid erblassen müsste.

»Der kann einfach alles!« sagt man sich. »Der muss mit sich sehr zufrieden sein!«

Und dann, sei es nach dem Genuss von zu viel Rotwein oder einfach in einer mitteilsamen Stunde, sagt dieser Mensch, dass seine Talente gar keine seien, dass sie ihn zumindest nicht zufrieden stellen.

Seine ganze Sehnsucht, seit Kindertagen schon, gehöre dem Fliegen! Pilot möchte er sein! Düsenjets hoch über den Wolken zu chauffieren, das wäre die richtige Berufsarbeit für ihn! Für einen Hungerlohn würde er die ausführen und trotzdem glücklich sein. Fast jede Nacht, gesteht er, träume er sich fliegend und sei beim Aufwachen bitter enttäuscht.

Ich kenne auch einen Mann, dessen unerfüllte Sehnsucht ist es, mit sechs Bällen jonglieren zu können. Manchmal übt er sogar mit drei Tennisbällen und sein Hund, hat mir seine Frau erzählt, holt die entsprungenen Bälle dann freudig unter diversen Möbelstücken hervor. Seine Frau behauptet, ihr Mann würde glattweg seinen guten Job samt Aufstiegschancen sausen lassen, hätte er endlich den Trick mit den sechs Bällen heraus.

Das ängstigt die Frau etwas, denn sie sieht sich lieber als Ehefrau eines Abteilungsleiters mit Vorzimmerdame denn als Flitter-Bikini-Girl im Tingeltangel, das dem Jongleur das Handwerkszeug reicht.

Die Dame sollte sich nicht ängstigen. Träume sind nicht dazu da, Wirklichkeit zu werden. Besonders nicht die luftigen, duftigen, Erdgebundenheit und Schwerkraft verleugnenden vom Fliegen, Schweben und Springen. Sie machen uns nur das Leben ein bisschen leichter, auf dass wir, seelisch gut gepolstert mit ihnen, strebsam und erfolgreich unseren sehr realen Jobs nachgehen können.

Tattergreise

Ein Leser fragt bei mir in etwas zynischem Tonfall an, wie ich als emanzipierte Frau zu den kavalierhaften Vergünstigungen stehe, die »Herren alter Schule« schutzbedürftiger Weiblichkeit zukommen lassen und die da sind: Tür aufhalten, in den Mantel helfen, Feuer geben, Sessel zurechtrücken und stehen bleiben, bis Dame sitzt, immer auf der richtigen Gehsteigseite neben Dame herwieseln, Tasche tragen, wenn Inhalt für Dame zu schwer, und dergleichen Artigkeiten mehr.

Also: Ich stehe positiv dazu! Ich schätze es, durch offene Türen zu gehen, ein flackernd Flämmchen vor der Zigarette zu sehen, liebevoll mit Sitzfläche umhegt zu werden, schwere Taschen nicht tragen zu müssen und, falls der Gehweg schmal, die Innenseite benutzen zu dürfen. Ich bin auf freundliche Hege und Pflege sogar derart versessen, dass ich mir solche Wohltaten auch von Frauen zufügen lasse.

Aber etwas nervös macht es mich schon, wenn ein Mann nicht zum Sitzen kommt, weil mehrere Damen ihren Platz nicht und nicht einnehmen wollen. Und ein Mann, der es als seine oberste Pflicht sieht, fünf Damen, die alle ein Feuerzeug haben, mit seiner Flamme zu versorgen, wirkt auch eher störend; besonders, wenn sein Feuerzeug nicht funktioniert und ihm die Damen dauernd ihre Feuerzeuge aushändigen müssen.

Auch mit Herren, die einem allzu hurtig in Mäntel helfen, kann man seine Not haben, weil sie einen so schnell in das gute Stück hineinstopfen, dass man nicht mehr dazukommt, Mütze und Schal, die man im Ärmel deponiert hatte, vorher zu entfernen.

Und dann muss man wie ein drittklassiger Zauberer agieren, um ihrer wieder habhaft zu werden. Doch abgesehen von solchen lieb gemeinten Fehlleistungen bin ich für jedes Seid-nett-zueinander-Gehabe.

Ich scheue mich auch nicht, jungen, kräftigen Männern eine Tür aufzuhalten, falls die Klinke gerade in meiner Reichweite ist. Jedermann kann Feuer von mir haben und findet ein Männerarm sein Ärmelloch nicht, helfe ich gern nach. Nur lehnen das leider viele Herren ab. Sie stammeln: »Aber nicht doch!« Manche werden sogar rot. Und einer hat schon giftig zu mir gesagt: »Tattergreis bin ich noch keiner!« Darum vergreife ich mich nur an Männern, die mich so gut kennen, dass sie meinen Freundlichkeiten keine kränkenden Absichten unterstellen.

Der Anfang ist gemacht!

Meine Freundin Anna und meine Freundin Marie sind sich selten miteinander einig. Über alles und jedes sind sie geteilter Meinung. Bloß wenn es um Ehemänner geht, da sind sie ein Herz und eine Seele!

»Rollenfixierte Geschöpfe«, sagt Marie und Anna nickt zustimmend.

»Müssen immer ihre Männlichkeit unter Beweis stellen«, sagt Anna und Marie ergänzt: »Verleugnen alle weiblichen Anteile ihrer Psyche!«

Und dann tönen sie im Duett: »Darum wollen sie auch partout keine weiblichen Tätigkeiten ausüben und keine weiblichen Tugenden annehmen!«

»Der meine«, spricht Marie, »hat nicht einmal einen Kinderwagen geschoben, das hätte seine Männlichkeit verletzt!«

»Der meine«, spricht Anna, »weigert sich, seine Hemden zu bügeln, das ist Frauensache, meint er!«

»Und dass meiner manchmal Angst hat, würde er nie im Leben zugeben«, spricht Marie. »Nur Frauen haben nämlich Angst!«

»Und meiner hat sich sogar das Weinen verboten«, spricht Anna. »Tränen sind nämlich unmännlich!« Und dann tönen die beiden wieder brav im Duett: »Aber wir Frauen müssen uns jede Menge männlicher Eigenschaften zulegen. Wir sollen unseren Mann stehen! Und wann denkt endlich ein Mann daran, seine Frau zu stehen?«

»Einige tun's ja schon!« unterbrach ich unlängst die zweistimmige Klage, schob meinen lieben zwei Freundinnen eine aufgeschlagene Illustrierte zu und wies auf ein paar große, bunte Fotos, auf denen Männer im Frisiersalon zu sehen waren. Männer mit Lockenwicklern, Männer unter der Haube, Männer mit Hennabrei im Haupthaar, Männer mit Haarsträhnchen, in Alufolie gewickelt.

Und dann las ich der lieben Marie und der lieben Anna aus dem zugehörigen Textbeitrag vor, dass sich die Zeiten geändert haben und sich nun auch Männer, ganz ohne Bedenken, im Frisiersalon der gleichen Behandlung unterziehen wie Frauen.

Na, da lachten aber Marie und Anna drauflos. Besonders das glutäugige Männerexemplar unter der Trockenhaube hatte es ihnen angetan. »Ha, ha, ha«, kreischten sie, »unter die Haube ist er gekommen! Unter die Haube! Ein Wahnsinn!« Schnepfen, die! Da fangen nun Männer endlich an, ihre Frau zu stehen, und dann ist es Marie und Anna auch wieder nicht recht.

Die armen Männer

Die Frauen tun den Männern wirklich unentwegt unrecht! Sie missverstehen die Taten der Männer, sie versuchen ihnen allerlei Böses zu unterstellen und ihnen niedrige Motive zu unterschieben, sie versuchen aber vor allem, Männer zu einem Leben zu zwingen, das den armen Männern von Natur aus überhaupt nicht liegt, unter dem sie leiden wie Schweine!

Nicht nur, dass die Frauen in der letzten Zeit ihre Männer zur Teilnahme an der Hausarbeit und zur partnerschaftlichen Nachwuchsbetreuung drängen wollen, erwarten sie auch noch – und das nicht erst jetzt, sondern schon seit langer, langer Zeit – so etwas wie »eheliche Treue« von ihnen.

Dieses Begehr, geneigte Leserin, ist jedoch echt abartig! Grollen Sie Ihrem Partner, weil der intime Beziehungen zu anderen Frauen unterhält, so ist das genauso uneinsichtig von Ihnen, wie wenn Sie Ihrem armen Hund grollen, weil der hinter Katzen herbellt.

Der Mann nämlich, werte, uneinsichtige Leserin, hat nicht nur einen ausgeprägten Wunsch nach häufig wechselnden Sexualbeziehungen und Vorliebe für Pornographie und junge, gut gewachsene Körper, man muss ihm diese Wünsche auch erfüllen, denn hinter diesen Wünschen steht die männliche Erwartung, das »Reproduktionspotential« zu erhöhen, und dies ist so, weil es nur wenig gibt, was die Libido eines gesunden Mannes nicht stimulieren kann. Frauen hingegen suchen nach beständigen Beziehungen, die ihnen die Sorge um die Nachkommenschaft erleichtern.

Diese schönen Weisheiten habe ich mir nicht selbst zusammenspintisiert, solche artigen männerfreundlichen Aussagen sind neuerdings bei Sexualforschern und Anthropologen zu lesen. Ist ja auch wahr, man muss ja endlich etwas für die Männer tun! So ein paar Jahrzehntel Frauenemanzipation jagen einem ja sonst den schieren Schreck ein!

Also bitte schön, werte Damen, seien Sie Ihren werten Herren nicht mehr gram, wenn diese ihrem »Reproduktionsdrange« nachgehen. Danken Sie lieber dem Himmel für die schöne, neue Sicht auf männliche Untreue!

Machen Sie sich doch Umstände!

Das würde Ihnen Fufi übel nehmen!

Zu Freunden – das haben wir schon in Kindertagen gelernt – soll man offen und ehrlich sein. Man muss aber – das haben wir später dazugelernt – jede Einmischung in ihr Leben bleiben lassen und sehr taktvoll mit ihnen umgehen.

In der Regel kann man diesen Anforderungen entsprechen, doch manchmal kommt man in Situationen, wo man nicht weiß, ob nun offene Ehrlichkeit oder taktvolle Verschwiegenheit angebracht wäre.

Sieht man, eine Bar betretend, den Mann von Freundin Fufi in turtelndem Gespräch mit der Barfrau, hat man keine Veranlassung, Fufi gleich telefonisch über diese Beobachtung zu informieren. Sitzt man aber täglich mit Fufi zusammen und muss hören, dass sie ihren Mann jeden Abend hart arbeitend im Büro wähnt, fühlt man sich schon gedrängt, von der Barfrau zu referieren; auch wenn man absolut keine Tratschen ist.

Geht es um der Freunde Kinder, wird die Sache noch heikler. Weiß man, dass die Tochter der Freundin Fufi Hasch raucht, von Fufi nicht genehmigte erotische Beziehungen unterhält oder viel mehr Geld ausgibt, als sie eigentlich haben könnte, weiß man noch weniger, wie man sich verhalten soll.

Einerseits sagt man sich, sollte Fufi über die Tochter Bescheid wissen, um helfend und lenkend eingreifen zu können. Andererseits sagt man sich, dass sich Fufis Tochter ohnehin nicht lenken und helfen lässt und dass man durch seine Einmischung nur viel sinnlose Aufregung verursachen würde.

Entschließt man sich schließlich zum Reden, wird man tatsächlich Urheber eines riesigen Familienkrachs und noch zehn Jahre später hält einem Fufis Tochter vor, man habe aus dem »einzigen Umfaller ihrer Jugendjahre« ein fünfaktiges Drama inszeniert.

Entschließt man sich aber zum Mundhalten und bleibt verschwiegen, macht man sich noch zehn Jahre später Vorwürfe und sagt sich: »Hättest du damals rechtzeitig etwas gesagt, wäre es mit Fufis Tochter vielleicht nicht so weit gekommen!«

Kurz und schlecht: Wie man es macht, man macht es falsch!

Doch gottlob gehen Freundschaften daran noch nicht zugrunde. Nur eines ist zu vermeiden: Zuerst Verschwiegenheit zu üben und dann, wenn Fufi aus anderen Quellen informiert wird, zu sagen: »Ach Fufi, das weiß ich doch längst!«

Das würde Fufi zu Recht übel nehmen!

Von Nachbarn und Wänden

Zu den argen Alltagsbelästigungen zählt – so man in der Stadt lebt – der Lärm, den Nachbarn machen. Da muss man gar nicht an böse Hausherren denken, die Wohnungen als Übungsraum an Rock-Bands vermieten, um die anderen Hausbewohner hinauszuekeln. Auch der Nachbarknabe, der aus der Stereo-Anlage alles »rausholt«, was »drin« ist, kann zur Ohrenfolter werden. Ebenso die Dame, die dreimal die Woche zehn kreischende Personen zur Mitternachts-Fete lädt, und der Hobby-Handwerker, der jeden zweiten Tag den Wandverbau an eine andere Wand platziert und dafür sechzig neue Löcher bohrt. Auch das Geschwisterpaar, das mit dem Fußball just an die Wand »torschießt«, welche an unsere Wohnung grenzt, kann ein trautes Heim zur Hölle machen.

Keine Frage, Nachbarn, die rücksichtslos lärmen, sind Unmenschen, die in ihre Schranken zu weisen sind.

Aber oft liegt es gar nicht an der Rücksichtslosigkeit der Nachbarn, dass uns die Ohren dröhnen. Oft sind idiotische Sparmaßnahmen beim Hausbau schuld.

Ich kenne ein Haus – aus eigener, leidvoller Erfahrung –, dessen Wände nicht nur nicht schallisoliert, sondern als Schallverstärker tätig sind. Wenn dort meine Tochter im Kinderzimmer Purzelbäume übte, hörte sich das in der Küche daneben an, als lasse jemand Felsen zu Tal poltern.

Einmal meinte ich zu hören, dass in der Wohnung über mir der Boden abgeschliffen werde. Ein grausiges Geräusch war das, und als es über Tage währte, fragte ich diskret nach. Keine Rede von Schleifmaschine, ein Schaukelpferd für den Sohn war angeschafft worden!

Gab auch Mieter, die miteinander das Abkommen trafen, nach 22 Uhr nicht mehr zu duschen, weil das abfließende

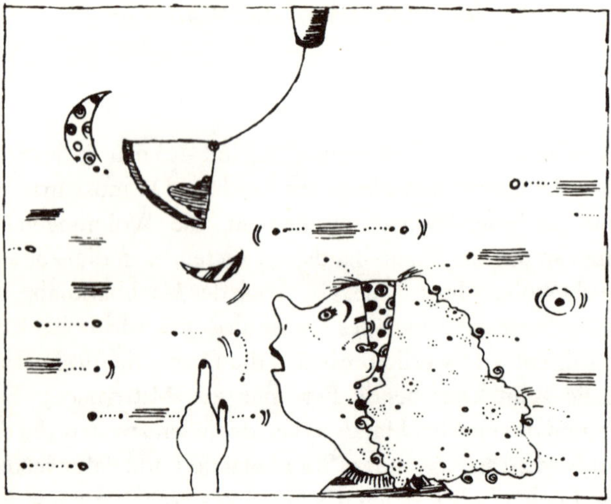

Wasser des oberen sich hinter der Schlafzimmerwand des unteren als tosender Wasserfall ausnahm. Und Gekreisch von Bohrmaschinen dröhnte in dem Haus derart heftig, dass jeder meinte, da werde exakt über ihm »gedübelt«; auch wenn der Täter drei Stockwerke tiefer, am anderen Gangende, zu Werke war.

Aber trotzdem schimpften dort die Mieter nicht gemeinsam auf Bauherren und Baumeister, sondern verbittert aufeinander. Weil es halt immer noch leichter ist, Nachbarn jegliche mit Geräusch verbundene Lebensäußerung abzugewöhnen, als eine Wohnbaugenossenschaft dazu zu bringen, schlecht gebaute Häuser so zu sanieren, dass man darin sein normales Leben in ebenso normaler »Zimmerlautstärke« führen könnte.

Die Diktatur der Morgenmenschen

Dass es Morgenmenschen und Abendmenschen gibt, ist bekannt. Ebenfalls bekannt ist, dass die Morgenmenschen in unserer Gesellschaft weit mehr Ansehen genießen als die Abendmenschen.

Wer bei Sonnenaufgang – oder noch früher – fröhlich vor sich hin pfeifend sein Tagwerk beginnt, dem unterstellt man üblicherweise eine höhere Arbeitsmoral und eine größere Arbeitsleistung als dem, der genauso putzmunter nach Mitternacht vor sich hin werkelt.

Eine Hausfrau etwa, die mit stolzgeschwellter Brust verkündet: »Wenn die Kinder von der Schule heimkommen, habe ich den gesamten Haushalt bereits tipptopp erledigt!«, darf mit Beifall und Anerkennung rechnen.

Die Mitteilung hingegen: »Wenn die Kinder dann endlich im Bett sind, fange ich erst so richtig mit der Hausarbeit an!« sollte tunlichst überhaupt nicht gemacht werden, sonst wird man, je nach Milde oder Strenge der Zuhörer, als hilflos, faul, unzüchtig oder arbeitsscheu abgeurteilt.

Weil die Morgenmenschen bei uns moralisch so hoch im Kurs stehen, dürfen sie auch die Abendmenschen in ihrer Umgebung total unterdrücken, ohne dabei irgendwelche Skrupel zu haben.

Dass man zum Beispiel den Kindern das Klavierspielen nach 22 Uhr untersagt, ist fast allen Eltern selbstverständlich. Man kann die Nachbarn doch nicht in der Nachtruhe stören.

Um 6.30 Uhr jedoch, wenn viele Abendmenschen ihre Nachtruhe noch nicht abgeschlossen haben, erscheint den meisten Eltern kindliches Klavierspiel absolut zulässig. Wär' er halt früher ins Bett gegangen, der verlotterte Nachbar!

Übersteht ein Mensch den Kaffeehausbesuch nach der letzten Kinovorstellung nur gähnend, stumm und halb geschlossenen Auges, hält man ihn nicht gerade für eine Stimmungskanone, aber niemand darf ihm seine Schläfrigkeit krumm nehmen.

Gähnt und muffelt sich ein Mensch jedoch lidschwer durch den Vormittag, hat er mit rügenden Bemerkungen zu

rechnen und muss sich demütig für seinen Zustand entschuldigen.

Verständlich wären diese Zustände, handelte es sich bei den Abendmenschen um eine kleine Minderheit. Dass man Minderheiten unterdrückt, ist auch in Demokratien üblich. Aber die Abendmenschen sind eine gewaltige Gruppe. Mehr als die Hälfte der Bevölkerung, davon bin ich überzeugt, gehört zu ihr.

Wenn die Mehrheit des Volkes unterdrückt wird, dann ist das eine Diktatur. Die Diktatur der Morgenmenschen! Auch gegen diese Diktatur sollten wir kämpfen!

Was halten Sie von Großfamilien?

Immer öfter lese ich, dass viel zwischenmenschliches Leid durch die »Kleinfamilie« entstehe. Vater, Mutter und Kinder, behaupten etliche Familienexperten, reichen nicht für eine glückliche Familie. Die Großfamilie mit Oma, Opa, Eltern, Kindern und – wenn möglich – Tanten, Onkeln, Nichten und Neffen muss wieder her!

In Großfamilien können Kinder nach Belieben Bezugspersonen wählen. Klappt – zum Beispiel – die Beziehung zwischen Mutter und Tochter nicht, hat die Tochter die Chance, zur Oma oder einer Tante eine gute Beziehung aufzubauen.

Einen Babysitter, wenn die Eltern ausgehen wollen, braucht man auch nicht. Immer ist jemand da, der auf Kinder aufpasst. Aus diesem Grund würde man auch Horte und Ganztagsschulen nicht brauchen. Und alte Menschen würden nicht mehr einsam sein und sich unnütz vorkommen.

Großfamilien sind auch finanziell gut dran, denn eine Großwohnung kostet an Miete und Spesen meistens weniger als drei Mittel-Wohnungen. Und arbeitersparend ist das Großfamilienleben, weil drei Kilo Schwein zu braten weniger Mühe macht als dreimal ein Kilo Schwein zu braten.

Als eine, die immer nur in Kleinfamilien gelebt hat und oft von diesen frustriert war, gefallen mir diese Argumente schon. Einziger Haken an der Sache: Die paar Großfamilienmitglieder, die ich kenne, singen der Großfamilie kein Loblied. Vor allem Frauen scheinen es in Großfamilien schwer zu haben; mit Frauen. Machtkämpfe zwischen den Generationen dürften in Großfamilien üblich sein. Entweder fühlen sich die Alten unterdrückt oder die Jungen. Oder die Front verläuft zwischen Stammfamilie und Zugeheirateten.

Ich kenne eine alte Dame, die hat nach einem halben Jahrhundert die Lebensgemeinschaft mit ihren Nachkommen aufgelöst und eine eigene, kleine Wohnung bezogen. Jeden Morgen, wenn sie erwacht, sagt sie angeblich zu sich: »Annerl, jetzt geht's dir gut!« Vorzustellen ist, dass die verlassene Schwiegertochter jeden Morgen Ähnliches sagt oder denkt.

Zusammenleben ist eben nicht einfach. Mit je mehr Menschen man es muss, umso schwerer scheint es zu werden. Aber: Wenn wir alle tolerante, einfühlsame und grundgütige Menschen wären: dann wäre die Großfamilie – da glaube ich den Experten – wirklich ideal.

Machen Sie sich doch Umstände!

»Bitte, machen Sie sich nur keine Umstände!« pflegen ganz bescheidene Leute zu sagen, wenn sie sich bei Leuten zu Besuch anmelden, die ihnen nicht sehr vertraut sind.

Da man sich aber, wenn man Gäste hat, ohnehin Umstände macht und bescheidenen Leuten genauso viel bieten will wie anspruchsvollen, kauft man halt ein, womit man bei Gästen üblicherweise Erfolg hat.

Edlen, herben Weißwein ersteht man und gut abgehangenen Lungenbraten. Und die Tiefkühltruhe durchwühlt man bis zum Boden und zur eisigen Fingersteife nach Erdbeermark für die Eistorte. Und extrafeine italienische Kaffeebohnen kauft man, um die Bescheidenen abschließend noch mit Espresso zu verwöhnen. Dann marschieren die bescheidenen Gäste ein! Sie sehen den artig gedeckten Tisch und klagen: »Aber wir haben doch gesagt, dass Sie sich keine Umstände machen sollen!«

Worauf die Gastgeber versichern, dass sie sich ja wirklich keine Umstände gemacht haben, keine Spur von Umständen! Dann will der Gastgeber den Gästen edlen Weißwein in die Gläser füllen, aber die Bescheidenen lehnen ab. Nein, nein, gegen Alkohol seien sie im Prinzip nicht, nur gegen Weißwein. Der macht ihnen Sodbrennen. Aber wenn vielleicht ein Schlückchen Rotwein im Haus wäre?

Leider! Rotwein ist keiner da. »Hol Rotwein vom Wirten«, zischelt die Gastgeberin ihrem Mann zu, doch das hören die Bescheidenen und rufen: »Aber nein, machen Sie sich nur keine Umstände, bitte!« Und die ganze Zeit, während der Gastgeber außer Haus ist, um Rotwein zu holen, muss die Gastgeberin ihre Gäste trösten, weil sie nun doch Umstände gemacht haben.

Vom Fleisch nehmen die Bescheidenen nur ein Minischeibchen: Nicht weil sie auf Diät gesetzt sind, sondern weil sie mediumgebratenes Fleisch nicht mögen. Sie sagen es zwar nicht, aber man merkt es; sonst würden sie ja das rosige Mittelstück vom Fleischscheibchen nicht ungegessen am Teller belassen.

Von der Eistorte kann die bescheidene Frau nicht nehmen, weil sie gegen Erdbeeren allergisch ist, den Espresso müssen beide ablehnen, weil sie sonst nicht schlafen können.

Wie schön wäre die Einladung doch gelaufen, hätten die Bescheidenen ganz unbescheiden gesagt: »Für uns, bitte, etwas Suppenfleisch und Rotwein!« Oder zumindestens hätten sie, der Realität entsprechend, sagen sollen: »Machen Sie sich, bitte, ruhig die falschen Umstände!«

Verschwunden auf Nimmerwiedersehen

Gar manch Ding, das sich schon lange in unserem Besitz befand, ist mit einem Mal weg! Es ist nicht verlegt und nicht verschlampt, es ist verschwunden! Man kann mit vereinten Familienkräften das ganze Haus auf den Kopf stellen, es taucht nicht wieder auf. Seit wann dieses Ding nicht mehr vorhanden ist, kann man dann meistens nicht angeben, man kann bloß behaupten:

»Damals, wie ich das getupfte Einlegepapier in die Lade getan habe, da war es noch in der Lade! Garantiert!« Und die, die mit uns leben und uns beim Suchen geholfen haben, erklären, die verschwundene Sache auch erst »unlängst« gesichtet zu haben.

Bis auf so unhandliche Stücke wie Einbaukästen, Doppelbetten, Tiefkühltruhen und Barocktische kann so ziemlich alles, was der Mensch besitzt, eines Tages unwiederbringlich verschwunden sein.

Dass dem so ist, liegt oft an den lieben Familienmitgliedern und nicht bei uns selbst. Manchmal weiß nämlich einer aus diesem Personenkreis ganz genau, wieso das gesuchte Stück nicht mehr da ist. Doch welche Tochter sagt – zum Beispiel – der Mutter schon gern, dass sie die rote Reisetasche vorigen Sommer – ohne zu fragen – der Freundin geborgt hat und die Freundin hat die Tasche ihrem Freund geborgt und mit dem ist sie jetzt spinnefeind und kann das rote Ding auf keinen Fall zurückholen.

Aber auch die von Schuld freien Familienmitglieder hetzen uns auf die falsche Fährte. »Vor zwei Wochen«, beteuert der Ehemann, »war die rote Tasche noch unten im Vorzimmerkasten! Ganz genau weiß ich das!«

In Wirklichkeit hat der kurzsichtige Mensch einen roten Anorak gesehen, der vom Bügel gefallen war.

Wenn Dinge aus unserem Besitz verschwinden, sollte man sich immer vorsagen, dass unsere Wahrnehmungen mangelhaft und unsere Kombinationen fehlerhaft sein können. Sonst kommt es noch so weit, dass wir – zum Beispiel – unsere arme Bedienerin des Taschendiebstahls verdächtigen, weil die doch vorgestern den Schrank aufgeräumt hat!

Verschwiegen wie ein altes Waschweib

Wenn man kein Einzelgänger, sondern ein halbwegs geselliger Mensch ist, bekommt man von allerhand Leuten allerhand Mitteilungen, von denen etliche erst nach dem Einleitungssatz: »Das sage ich aber nur dir, erzähl es bitte nicht weiter«, gemacht werden.

Ich kenne ein paar Leute, die es ablehnen, auf diese Weise zu Geheimnisträgern gemacht zu werden. Sie sagen: »Behalte es bei dir, ich bin nämlich tratschsüchtig!«

Ich kenne auch ein paar Leute, die erzählen in so einem Falle tatsächlich kein Wort weiter. Niemandem erzählen sie etwas, nicht einmal eine Andeutung lassen sie fallen. Und ein paar Leute kenne ich, die haben nichts Eiligeres zu tun, als das verschwiegene Anvertraute unter die Menschheit zu bringen.

Die meisten Leute aber, die ich kenne, gehen mit anvertrauten Geheimnissen ganz anders um. Total verschwiegen sind sie bloß, wenn ihnen das geheime Wissen uninteressant vorkommt; oder wenn die vertrauensselige Person echte Schwierigkeiten bekäme, würde die Sache publik.

Dann trifft der Durchschnittsmensch noch seine Auswahl, wen er für würdig hält, das intim Anvertraute zu erfahren.

Ehepartner – zum Beispiel – hält man meistens für würdig! Da bleibt das Geheimnis ja schließlich in der Familie!

Doch leider sind oft gerade Ehepartner sehr zerstreut und vergessen. Locker plaudern sie in großer Runde über Hansis verheiratete »Braut«, über Monikas Schwierigkeit mit ihren neun Krediten und über Heinzis Prozess mit dem Schwiegersohn.

Harte Tritte unter dem Tisch gegen die Schienbeine des

Partners – wenn sie diese nicht verfehlen – bringen ihn zwar meistens zum Schweigen, kommen aber sehr oft zu spät.

Auffällig in so einer Situation ist aber vor allem, dass sich kaum einer in der großen Runde über Hansis Braut, Heinzis Prozess und Monikas Kredite wundert.

Sie wissen nämlich alle schon sehr gut Bescheid!

Anscheinend gibt es viele Menschen, die von Freund zu Freund, von Freundin zu Freundin eilen und ihnen eine Geschichte erzählen, die mit den Worten beginnt: »Das sag' ich nur dir, erzähle es bitte ja nicht weiter!«

Neu angepasste »Benimm«-Regeln!

Die Lektüre zweier neuer Bücher mit »Anstandsregeln« (jawohl, so was wird noch verlegt!) ließ mich wissen, dass »alles nicht mehr so streng« ist, wenn es darum geht, wie Herr und Dame miteinander verfahren müssen, um »Benehmen« zu zeigen. Die Emanzipation, liebe Leserin, ist nämlich so weit fortgeschritten, dass Sie in einem Lokal für den männlichen Begleiter zahlen dürfen.

Und wenn Sie vom Wein mehr verstehen als der Tischherr, dürfen Sie hurtig nach dem Glas mit dem Probeschluck grapschen, welches der Ober, neuer Regeln unkundig, dem Mann neben Ihnen reicht! Sie dürfen auch Männern Zigaretten anzünden. Sogar in den Mantel helfen dürfen Sie ihnen!

Nun ja, die Erlaubnis zum Zahlen ist wirklich erleichternd; vor allem für die vielen Paare, bei denen die Frau Verwalterin der gesamten Barschaft ist.

Ist allerdings immer nett anzusehen, wenn in einem Lokal die Dame verstohlen ihr Börsel aus dem Tascherl holt, es noch verstohlener unter dem Tisch dem Herrn reicht und der dann dem Damen-Börsel umständlich Bares entlockt. Umständlich deshalb, weil er zuerst Pillen-Rezept, Schuster-Zettel und Kinokarten zutage fördert. Frauen haben halt mehr in ihren Geldbörsen als Männer!

Aber wenn es um das Anzünden von Zigaretten und Hilfestellung beim Mantelanziehen geht, bin ich dagegen, dass das auch Frauen tun! Ich habe schließlich lange genug erlebt, wie man sich fühlt, wenn man in einer Hand die Zigarette hat und in der anderen das Feuerzeug, aber man es nicht klicken lassen darf, weil ein Mann darauf besteht, gute Manieren zu haben und bereits das siebente Zündholz an der Reibfläche des Schachterls abgeknickt hat.

Und dann nimmt er einem das Feuerzeug aus der Hand, und weil mehrere Versuche, es zum Brennen zu bringen, fehlschlagen, stellt er die Flamme höher und verbrennt dir mit einer 15-cm-Stichflamme die Nasenspitze!

Ist auch nicht wirklich angenehm, sich von einem höflichen Herrn hurtig in den Mantel stopfen zu lassen, ohne vorher Zeit zu haben, den Schal aus dem Ärmel zu ziehen!

Noch weniger angenehm ist es, auf einen Herrn zu treffen, der einem die Armlöcher in Höhe der Ohren bereithält. Da kann man ganz schön turnen, bis man der Höflichkeit entsprochen hat. Gute Manieren sollen anderen Leuten das Leben erleichtern!

Männer sind nicht so geduldig wie Frauen, so viel angewandte Höflichkeit würden die kaum durchstehen!

Von Bröslern und Männchenmalern

Es gibt Menschen, die stehen ein geselliges Beisammensein anscheinend nur durch, wenn sie dabei einer Nebenbeschäftigung nachgehen können. Während sie reden oder zuhören, müssen sie ihre Hände beschäftigen.

Die simpelste Art von Nebenbeschäftigung ist das Zeichnen. Findet einer dieser Menschen einen Kugelschreiber oder einen Bleistift, beginnt er zu arbeiten. Männchen, Häuschen, Gartenzäune, Bäumchen, was der des Zeichnens Unkundige halt so schwer zuwege bringt, wird auf Papierservietten, Bieruntersetzer oder Zeitungsränder gemalt. Die Männchenmaler, so man sie als Gäste geladen hat, sind die, die kaum Arbeit machen. Mehr als einen hinterher leicht wegzuschaffenden Haufen verkratzelter, verkritzelter Servietten kosten sie nicht.

Viel problematischer aber sind die Leute, die ich die »Brösler« zu nennen pflege. Gierig grapschen sie nach allem, was auf dem Tische liegt und zerbröselt werden kann. Flaschenkorken, Streichhölzer, Zahnstocher werden von ihnen auf winzige Partikel zerlegt und dann artig arrangiert. Während Freundin Adi angespannt ihrem Ehemann lauscht, macht sie aus Korkenbröseln ein Häuflein, macht dann aus dem Häuflein einen Miniwall, sucht nach Materialnachschub, zerbröselt noch einen Korken, verlängert den Miniwall zu einer Korkenbröselstraße, ist mit dem Verlauf der Straße nicht zufrieden und arrangiert um, und wenn man ihr dabei zuschaut, muss man annehmen, nichts auf der Welt ist ihr im Moment wichtiger als ihr Korkenbröselspiel. Aber noch irritierender sind die Leute, die aus Bierdeckeln Häuser bauen und das nicht wirklich gut können! Erkläre einmal einer einem die Weltlage, der andauernd nur »pscht!« mur-

melt, weil er Angst hat, der Atem, den der Weltlageerklärer empört ausstößt, könne den Bierdeckelturm zerstören.

Am meisten jedoch fürchte ich mich vor Leuten, die in Wachs arbeiten. Ihre Augen fangen schon zu glitzern an, wenn die sehen, dass der Gastgeber eine oder mehrere Kerzen am Tische entzündet hat.

Sie setzen sich an den Platz, der den Kerzen am nächsten ist, und sind vollauf damit beschäftigt, tropfendes Wachs einzusammeln. Und dann kneten und formen sie. Und wenn sie endlich weggegangen sind, hat man ein Tischtuch, dem auch die Neunzig-Grad-Wäsche nicht mehr helfen kann.

Familienleben durch Zwangsentzug

In letzter Zeit treffe ich Menschen, die berichten, dass sie den Fernsehapparat hergeschenkt, weggeworfen oder aufs Dach verbannt haben. Die Leute, durchwegs sogenannte »Intellektuelle«, behaupten, die Entfernung der Bildröhre aus dem Wohnzimmer sei ein demokratischer Familienbeschluss gewesen, der den Sinn hatte, wieder »aktives Familienleben« einzuführen.

Angeblich hat sich der Familienbeschluss durchwegs als richtig erwiesen. »Nun haben wir wieder schöne Abende!« sagen die TV-Entferner. »Wir reden wieder miteinander, wir diskutieren, wir spielen, wir haben Spaß!« (Die Mitteilung, dass nun im Sextett Hausmusik gemacht werde, erhielt ich nur ein einziges Mal; sie ist also – weil nicht typisch – vernachlässigenswert.)

Aufs erste gehört, klingt das ansprechend. Länger überdacht, frage ich mich aber, warum da gleich eine »Rosskur« nötig ist? Man braucht das Gerät ja nicht aufzudrehen! Irgendwie riecht die Sache nach: »Das Fernsehen, der große Verführer, das Teufelswerk!«

Meine privaten Erfahrungen sind anders. In meiner Familie gibt es niemanden, der so intensiv ›Dallas‹ oder ›Die Profis‹ beglotzt, dass er nicht bereit wäre, das »Aus«-Knöpfchen zu drücken, wenn ich ihm von mir und meinem Zustand berichten wollte.

Ich habe zu Hause allerdings einen, der liest pro Woche seine tausend Seiten. Während der nicht geringen Zeit, die er dafür braucht, ist er fast taub und beinahe stumm. Und dann habe ich jemandem im Haushalt, der verstöpselt sich mit einem Walkman und ist daher nicht in der Lage, Botschaften – abseits denen der Gruppen »Ideal« und »Blümchenblau« – zu empfangen. Und dann gibt es noch ein Familienmitglied, das liebt es, allein in seinem Zimmer zu sein. Was es dort tut, weiß ich nicht, weil es die Tür schließt.

Soll ich nun einen demokratischen Familienbeschluss auf Bücherverbrennung und Einsamkeitsverbot beantragen? Aber Bedürfnis nach Einsamkeit, Lesen und Musikhören gehört zum anerkannten gutbürgerlichen Kulturverhalten. Niemand darf wagen, wegen ein bisschen »aktiven Familienlebens« dagegen zu wettern.

So stricke ich halt des Abends und schaue dabei ein bisschen fern und warte, ob wer ein Buch weglegt, den Walkman abnimmt oder aus seinem Zimmer herauskommt. Und, ich schwöre: Irgendwann einmal wird weggelegt, abgenommen und herausgekommen. Und das – finde ich – ist schöner als Familienleben durch Zwangsentzug; und sei er noch so demokratisch!

Hänschen und Gretchen

Eine komplizierte Frage ist, ob man die Menschen, mit denen langjährige Freunde Liebesbeziehungen eingehen, genauso ins Herz schließen muss wie die langährigen Freunde.

Ist es normal oder eine Zumutung, wenn Hausfreund Hänschen seinen wöchentlichen Abendbesuch plötzlich mit einem »Fräulein« anreichert, mit dem wir, wäre sie nicht Hänschens Herzblatt, kaum drei Worte reden würden? Und was tut man, wenn Hänschen, daran gewohnt, mit uns auf Urlaub zu fahren, ganz selbstverständlich annimmt, dass wir den nächsten Urlaub mit ihm und dem »Fräulein« genießen werden?

Dass wir das »Fräulein« nicht ausstehen können, mag ja zum großen Teil am Betragen des »Fräuleins« liegen, aber zu einem gewissen Teil liegt es sicher auch daran, dass unsere Liebe eine sehr besitzergreifende ist; auch die zu Hausfreund Hänschen.

Er hat doch immer zu uns gehört! Hatte er Kummer, haben wir getröstet. Widerfuhr ihm große Freude, waren wir die ersten, denen er davon berichtet hat! Sein Selbstbewusstsein haben wir in vielen Abendsitzungen gestärkt, seine Finanzen haben wir zu regeln versucht. Ganz zu schweigen von den Pullovern, die wir ihm strickten, den Knöpfen, die wir ihm annähten, und den Lieblingsspeisen, die wir ihm aufkochten.

Und jetzt kommt ein »Fräulein« daher und will für Hänschen kochen und Knöpfe annähen, will seinen Kummer trösten und will als erste angerufen werden, wenn ihm Schönes widerfährt. Sogar für Hänschens Selbstbewusstsein meint das »Fräulein« zuständig zu sein. Das ist doch lächerlich! Wir kennen und lieben das Hänschen schließlich viel länger als das »Fräulein«! Wir wissen daher viel besser, was für Hänschen gut ist, und können uns deshalb auch entsetzt zuraunen: »Die ist nichts für ihn, absolut nichts!« Das »Fräulein« merkt unsere Einstellung natürlich und weigert sich, zu uns auf Besuch zu kommen und mit uns auf Urlaub zu fahren. Und Hänschen – verblendet, wie die Liebe einen macht – bleibt uns daher auch fern. Da wir das aber nicht gut aushalten, weil wir Hänschen ja lieben, nähern wir uns zähneknirschend dem »Fräulein« wieder und überwinden uns, es »liebes Gretchen« zu nennen. Und kommen schön langsam dahinter, dass das liebe Gretchen ein recht netter Mensch ist.

Wir stärken ihr Selbstbewusstsein, stricken ihr einen Pullover und trösten ihren Kummer und regeln ihre Finanzen … Unter Umständen auch dann noch, wenn Freund Hänschen seine Beziehung zu Gretchen schon längst gelöst hat.

Neues gibt es nur in Filmen

Manchmal setzt man sich zum Fernsehen, gar nicht besonders an Bilderchen und Stories interessiert, bloß ein wenig ausspannen und die ein, zwei Stunden bis zum Schlafengehen ausfüllen will man, doch wenn man erst einmal ein halbes Stündchen zugeschaut hat, lebt man sich ein – auch in den größten Unfug – und nimmt Anteil an der Geschichte, die da über den Bildschirm flimmert.

Und gerade in dem Moment, wo es ganz spannend wird, wo der Hans mit der Grete Streit bekommt und die Grete dem Hans allerlei entgegenschleudert (Worte natürlich nur) und der Hans so tut, als würde er die Grete gleich verlassen, da klingelt es an der Tür und ein alter Freund steht davor und sagt, dass er »nur einen Sprung vorbeischaut«, weil er »gleich nebenan« etwas zu erledigen hatte.

Ob er etwa störe, fragt er. Wenn ja, sagt er, möge man das ruhig sagen, dann gehe er gleich wieder. Er habe größtes Verständnis dafür, dass man nicht unangemeldet wo eindringen könne!

»Aber nein, lieber Freund, keine Spur«, sagt man dann höflich, nimmt ihm Hut und Mantel ab, führt ihn ins Wohnzimmer, wirft noch einen traurigen Abschiedsblick auf Hans, Grete und deren Konflikt und drückt entsagungsvoll die »Aus«-Taste.

»Hab' ich dich beim Fernsehen gestört?« fragt der alte Freund. »Sag's nur«, drängt er, »dann geh' ich wieder!« – »War sowieso nur ein Blödsinn«, murmelt man und fragt, ob der Freund Kaffee oder Wein mag. Nein, Kaffee mag er nicht, da kann er dann nicht schlafen.

Wein mag er, aber nur trockenen, sonst kriegt er Sodbrennen. Man schenkt also trockenen Wein ein und der Freund redet und redet, aber man hört bloß mit halbem Ohr hin, denn Herz und Hirn sind noch bei Hans und Grete. Man überlegt, was die beiden wohl gerade machen. Haben sie sich versöhnt? Oder t er ins Ausland gegangen? Oder hat sie sich vielleicht doch umgebracht? Der alte Freund merkt, dass ihm keine ungeteilte Anteilnahme und Aufmerksamkeit zuteil wird, sagt, dass er nicht länger stören will, und erhebt sich. Man schaut auf die Uhr, stellt fest, dass der Film noch laufen muss, setzt also der Aufbruchsdrohung kaum Widerstand entgegen, geleitet den Freund ins Vorzimmer, stopft ihn hurtig in Hut und Mantel und öffnet die Tür.

Kaum ist sie ins Schloss gefallen, wieselt man ins Wohnzimmer zurück, schaltet wieder ein und sieht den Abspann abrollen.

Man erfährt, wer den Film geschnitten hat, wer der Beleuchter war, wer Regie geführt hat. Was aus dem Hans und der Grete geworden ist, wird man nie mehr erfahren! Weh

wird einem ums Gemüt! Man setzt sich hin, trinkt den Wein aus, den der alte Freund stehen gelassen hat, und überlegt, was denn nun eigentlich der alte Freund so dahergeredet hat?

Ach ja, mit seiner Frau war irgendwas! Streit hat er mit ihr gehabt! Na ja, sagt man sich, das Theater ist ja nicht ernst zu nehmen! Das geht ja seit zehn Jahren so! Das kennt man ja schließlich! Das ist ja nicht neu bei denen! Neues gibt es nur in Filmen, bei Hans und Grete! Dort tut sich was!

Im Fettnäpfchen

Taktlosigkeiten können absichtlich gesetzt oder ohne Arg begangen werden. Erstere mögen, wegen der kränkenden Absicht, die gemeineren sein, aber vernichtender wirken die ungewollten Taktlosigkeiten.

Sagt man, voll Hinterhalt, mit sanft gebremstem Hohn zu jemandem, den man bisher glatzig kannte: »Ach, dir sind ja Haare gewachsen!«, wird das der Herr nicht als nett empfinden. Sitzt dieser Herr aber in einer Runde, die rätselt, welch psychischen Defekt einer haben muss, der nicht im Glanze seiner Glatze außer Haus geht, fühlt er sich sicher noch mieser.

Ganz peinlich wird es, wenn einer aus der Runde plötzlich mitten im Satz stockt, erschrocken starrt und dann verbal den Rückzug antritt, worauf die anderen kapieren, dass ein Toupetträger unter ihnen weilt, und stotternd beteuern, man könne Herrentoupets auch anders sehen und Männer sollten die gleichen Rechte auf Locken haben wie Frauen. Der Schaden ist nicht mehr gutzumachen! Der Toupetträger verlässt vorzeitig die Runde und man murmelt betreten: »Oh, wie peinlich! Hätte ich das geahnt, kein Wort hätte ich gesagt!«

Solche Peinlichkeiten sind zu vermeiden, indem man ein prüfend Auge auf seine Gesprächspartner wirft, bevor man den Mund auftut. Dann passiert es nicht, dass man vor 100-kg-Leuten über Fresssucht, vor kleinen Männern über den Napoleon-Tick der Zwerge und vor Leuten mit S-Fehlern über »Zuzler« redet. Doch selbst wer solch taktvolle Aufmerksamkeit trainiert hat, hat erst eine kleine Hürde genommen, denn man kann einem Menschen ja nicht ansehen, ob ihm – zum Beispiel – die Tochter durchgebrannt ist.

Also redet man locker davon, dass immer die Eltern schuld haben, wenn sich Kinder falsch entwickeln.

Oft allerdings könnte einem einer aus der Runde diskrete Hinweise geben. Aber die unterbleiben meistens, weil durchschnittlich gemeine Menschen nichts so sehr genießen wie die prickelnde Atmosphäre, die entsteht, wenn jemand harmlos im Fettnapf herumtritt und nicht ahnt, was er da wem antut.

Das merkte ich unlängst, als ich mich über die Dummheit einer Dame ausließ und mein Freund A. lüsterne Glitzeräuglein bekam, die ich mir nicht deuten konnte. Erst hinterher wurde mir der Glitzerblick klar. Da sagte er mir nämlich: »Ja, hast du denn wirklich nicht gewusst, dass der Herr zu deiner Linken mit dieser Dame verheiratet ist?« Nein, wahrlich, das hatte ich nicht!

Zwei Mäntel, ein Drama!

Voriges Jahr, im Herbst, stieg meine Freundin Berta in Linz in den Zug, um nach Wien zu fahren. Sie fand ein Abteil, in dem nur eine Dame saß, und gesellte sich zu dieser. Die Dame las Zeitung und zeigte sich nicht gesprächsbereit. Als der Zug in Amstetten hielt, erhob sich die Dame, nahm einen Kamelhaarmantel vom Haken zur rechten Seite ihres Sitzplatzes und schlüpfte in diesen, nahm hierauf einen Trenchcoat vom Haken zur linken Seite ihres Sitzplatzes und zog diesen über den Kamelhaarmantel. Dann wieselte sie aus Abteil und Zug. Berta blickte ihr versonnen nach und dachte: »Ach, das war aber eine enorm verfrorene Dame!« Als der Zug durch Ybbs fuhr, betrat eine andere Dame Bertas Abteil. Eine ohne Mantel! Die Dame schaute sich entsetzt um und rief: »Wo ist mein Kamelhaarmantel?« Sie sei, erklärte sie, für ein Stündchen im Speisewagen gewesen und habe ihren Mantel im Abteil hängen lassen. Berta erzählte ihr, was sich in Amstetten zugetragen hatte. Da machte ihr die Dame Vorwürfe und gab ihr die Schuld am Mantelverlust. »Wer«, fauchte sie, »trägt denn schon zwei Mäntel übereinander. So naiv wie Sie zu sein, gehört ja verboten!« Und dann sagte sie noch, das sei eben die heutige Zeit, jeder kümmert sich nur um sich selber und keiner schere sich um den anderen! Berta nahm sich das sehr zu Herzen!

Vorige Woche nun saß Berta im Kaffeehaus und wie sie – an der Melange nippend – ins Lokal blickte, sah sie eine Dame beim Kleiderständer. Die hatte einen Mantel an und war gerade dabei, über diesen einen zweiten zu ziehen.

Da fiel Berta das Zugserlebnis ein! Sie sprang auf, stellte sich der Dame in den Weg und forderte sie auf, den unteren Mantel herauszurücken!

Worauf die Lokalbesitzerin zur doppelt Bemäntelten sagte: »Entschuldigen Sie, Frau Hofrat!« Und zu Berta sagte sie: »So misstrauisch wie Sie zu sein, das gehört ja verboten!« Und der Ober klärte Berta darüber auf, dass die »liebe Frau Hofrat« bei schlechtem Wetter stets ein Ballonseidenmäntelchen über dem Kamelhaarmantel zu tragen pflege. Während Berta hurtig die Flucht ergriff, sprachen Ober, Lokalbesitzerin und Frau Hofrat im Chore, dass dies eben die heutigen Zeiten seien, jeder stecke seine Nase in anderer Leute Angelegenheiten, anstatt sich um den eigenen Mist zu kümmern! Jetzt denkt Berta ans Auswandern. In ein heißes Land, wo niemand einen Mantel trägt.

Straßenbahnfahrt

Unlängst stieg ich in eine Straßenbahn, setzte mich auf einen freien Platz und schlug meine Zeitung auf. Mir gegenüber saß eine alte Frau. Ich schaute über den Rand der Zeitung auf die alte Frau. Ich schaute mir ihr Gesicht an. Die alte Frau, fand ich, hatte ein »gutes Gesicht«. Ich attestierte ihm: Kein leichtes Leben, aber mit viel Anstand gelebt! Die alte Frau merkte meine Blicke über den Zeitungsrand, lächelte mir zu und sagte: »Ich war gerade im Theater. Das ›Sparschwein‹ haben sie gespielt!« Und dann erzählte sie mir schwungvoll und mit leuchtenden Augen den Inhalt des Theaterstücks.

Sie erzählte mit sehr lauter Stimme. Ich ließ die Zeitung sinken und lauschte. Die anderen Leute um uns herum jedoch erstarrten zuerst einmal.

Der dicke Herr neben mir erholte sich als erster und fragte mich leise: »Kennen S' de Oide?« Ich schüttelte dezent den Kopf, da sagte er laut: »De Oide spinnt!« Ein Jüngling, am Fahrscheinautomaten lehnend, murmelte: »De Oide ziagt ma den Nerv!« und begab sich in die Wagenmitte. Die alte Frau kam zur Schlussszene vom ›Sparschwein‹ und fuchtelte ein wenig – zur Unterstützung der Worte – mit den Armen.

Dabei berührte sie die Dame am Nebensitz. Diese schaute empört, stand auf und flüchtete auch in die Wagenmitte. Auf dem Fluchtweg teilte sie den anderen Fahrgästen mimisch, durch ans Hirn tippenden Zeigefinger, mit, welche Zumutung ihr gerade widerfahren war. Die alte Frau merkte das alles nicht. Nachdem sie mir den Schlussapplaus geschildert hatte, deutete sie auf den freien Platz an ihrer Seite und rief: »Da ist noch frei, bitte!« Es setzte sich niemand auf den freien Platz. Bis zu meinem Aussteigen blieb er leer.

Neben »Verrückte« setzt man sich nicht! Und verrückt war die Person! Was sie erzählt hatte und wie sie es erzählt hatte, ließ diesen Schluss zwar nicht zu, dass sie es aber erzählt hatte, war der Straßenbahngesellschaft Beweis genug. Nur eine Verrückte, scheint man allgemein zu meinen, nimmt mit Fremden Kontakt auf.

»Wahrscheinlich hat sie sonst niemanden zum Reden«, sagte ich zum dicken Herrn, der hinter mir aus der Straßenbahn stieg. Und fügte hinzu: »Aber sie hat hübsch erzählt!« Da enteilte der Dicke hurtig.

Der einen Verrückten entronnen, gleich auf die nächste zu stoßen, sagte sein entsetzter Blick, ist zu viel für eine einzige Straßenbahnfahrt.

Macht am Drücker

Woran erkennt man, wer in einer Familie die mächtigste Person ist?

»Das ist die Person«, sagte mir ein kleiner Knirps, »die bestimmt, wohin die Familie auf Urlaub fährt!« – »Das ist die Person«, sagte mir ein etwas älterer Knabe, »wegen der es zweimal die Woche Blunzen gibt; obwohl sonst niemand in der Familie Blunzen mag!« Ein halbwüchsiges Fräulein meinte: »Das ist eindeutig die Person, die schreit: Solange du deine Beine unter meinen Tisch streckst, wird getan, was ich will!« – »Das ist der«, sagte mir eine bleiche Hausfrau, »der das Haushaltsbuch kontrolliert!«

»Das ist die Person«, erklärte mir ein älterer Herr, »die ein Familienmitglied tagelang mit Verachtung straft, weil es später als angekündigt heimgekommen ist!« Als weitere Machtpersonen wurden mir genannt: Die, die die Höhe des Taschengeldes bestimmt. Die, die andere – auch am Sonntag – ungestraft aufwecken darf. Die, die den Autoschlüssel hat. Und die, die sich erfolgreich weigert, den Besuch bei Tante Emma mitzumachen.

Lauter recht subjektive Meinungen über Macht in der Familie habe ich zu hören bekommen. Keine stimmte mit meiner eigenen, auch recht subjektiven Meinung in dieser Sache überein.

Als mächtigste Person in der Familie verstehe ich die, der es gelingt, ihre Wünsche am häufigsten und heftigsten durchzusetzen. Der erfahrene Familienbeobachter erkennt so eine Person an vielen Details quer durch den Familienalltag. Am Abend jedoch wird diese Person sogar dem deutlich erkennbar, der von Familien-Machtstrukturen keine Ahnung hat. Am Abend nämlich ergreift diese Person die

Fernsehapparat-Fernbedienung und lässt sich in einem bequemen Stuhl nieder.

Und dann schaut die Person fern. Ganz nach Lust und Laune und quer durch alle verkabelten Kanäle. Wenn das Geflüster der anderen im Raume hockenden Familienmitglieder lauter wird, drückt sie ein Fernbedienungsknöpfchen und der Fernsehapparat wird auch lauter.

Dann kann es geschehen, dass ein Familienmitglied nach dem anderen aus dem Zimmer geht, je nach Temperament wütend oder bloß vergrämt.

Und dann kann es noch geschehen, dass sich die Person mit der Fernbedienung in den Händen umschaut, den leeren Raum sieht und seufzt: »Immer ist man allein! Keinen Familiensinn haben sie!« Sehr arm kommt sich die Person dann vor.

Aber die mächtigste Person in der Familie ist sie – meiner Ansicht nach – trotzdem!

Schuld war nur das steife Genick

Jeder Mensch, so er nicht ein echter Egozentriker ist, hat ein lebhaftes Interesse daran, seine Mitmenschen besser, näher und tiefer kennen zu lernen, was ja kein Wunder ist, denn mit Menschen, die man besser kennt, kann man auch besser umgehen; und das macht einem das Leben leichter. Doch ganz spezielles Vergnügen bereitet es vielen Menschen, von einem Mitmenschen etwas zu wissen, was dieser Mitmensch selbst von sich nicht weiß! Artikel in intelligenten Produkten der Zeitungsbranche können ihm dabei weiterhelfen. Meinem Freund Emil, zumindest, taten sie es. Saß dieser Emil doch unlängst bei mir, mit mir in eine heftige Diskussion verwickelt, und beteuerte unentwegt, dass er meinen Standpunkt überhaupt nicht verstehen könne und sich wahnsinnig darüber gräme, dass dem so sei! Doch plötzlich hellte sich seine düstere Miene auf und lächelnd sprach er: »Ist ja kein Wunder, dass wir uns nicht einigen können! Du denkst analytisch und ich denke gesamtheitlich!« – »Was offenbart dir dieses?«, fragte ich verstört. »Deine Blickrichtung!«, trumpfte Emil auf. »Immer, wenn du nachdenkst, neigst du den Kopf nach rechts und schaust auch nach rechts!«

»Jawohl«, sagte ich mit rechtsgeneigtem Kopf, »das kommt davon, weil ...«

»Weil der Mensch den Kopf nach rechts richtet«, unterbrach mich Emil, »wenn seine linke Hirnhälfte beschäftigt ist. Und die linke Hirnhälfte ist für das analytische Denken zuständig. Das ist wissenschaftlich erforscht, da beißt keine Maus einen Faden ab!«

Ich schaute, nach rechts geneigten Hauptes, Freund Emil an. Er war so stolz auf sein neues Wissen und so begeistert, dass er hinter die intimsten Schliche meiner Denkapparatur gekommen war. So sagte ich einfach und voll Anerkennung in der Stimme: »Toll, Emil! Man lernt nie aus!« Meine gute Seele, sowohl in der rechten als auch in der linken Hälfte auf Güte und Einfühlungsvermögen trainiert, hieß mich, Freund Emil nicht darüber aufzuklären, dass mein rechtsgeneigter Kopf und der damit verbundene Rechtsblick sehr wenig mit analytischem Denken, aber sehr viel mit einem steifen Genick zu tun hat.

Aber weiß der Himmel! Wenn das steife Genick noch ein paar Tage länger anhält, dann werde ich vielleicht noch eine analytische Denkerin!

Für Männer erlaubt, für Frauen verboten

Empfohlener Richtwert: Eins zu Fünf

Warum die einen Ehen zum Scheitern verurteilt sind und die anderen lebenslänglichen Bestand haben, ist nun auch eindeutig geklärt.

An Zehntausenden Ehepaaren haben das amerikanische Forscher untersucht, und sie haben auch exakte Richtlinien gefunden, die den Eheerfolg hundertprozentig garantieren!

Also: Es kommt in einer Ehe gar nicht so sehr darauf an, ob es viel oder wenig Streit gibt und ob der Streit heftig oder nur minimal ist. Viel wichtiger ist, dass das Verhältnis vom Streit zu den Streicheleinheiten in Ordnung ist.

Und das ist es nur, wenn es mindestens eins zu fünf steht; natürlich für die Streicheleinheiten! Bei einem Verhältnis von zwei zu fünf droht schon unglücklicher Eheverlauf oder die Scheidung. Merke daher: Wer oft streitet, muss zum Ausgleich fünfmal so oft streicheln, und je erbitterter der Streit, umso zärtlicher haben die Streicheleinheiten zu sein!

Und wenn schon zu Beginn einer Ehe abfällige Bemerkungen über den Partner gemacht werden, steht es schlecht um die Ehe. Mehr als fünf Prozent aller Bemerkungen zum Partner – oder über ihn – dürfen nicht abfällig sein!

Merke daher: Nach jeder Rüge dem Ehemann oder der Ehefrau mindestens neunzehn Belobigungen zukommen lassen!

Ebenso wichtig ist, Konfliktstress schnell wieder abbauen zu können. Das ist einzusehen, denn so ein Groll, der sich staut und staut, durch die Tage, die Wochen und die Monate zieht, hängende Mundwinkel, gerümpfte Nasen und vergrantelte Stirnfalten bringt, verbessert eheliches Klima keineswegs.

Nur: Was tut die Frau, auf die von Montag bis Samstag

siebzehn Prozent abfällige Bemerkungen herniedergeprasselt sind und bei der das Verhältnis von Zwist zu Streicheleinheiten fünf zu null für den Zwist steht? Wie baut die am Sonntag Konfliktstress ab? Die tut sich doch schwer genug, ihn nicht noch zu quadrieren!

Eine meiner lebenserfahrenen Freundinnen meint, das Problem sei leicht zu lösen, indem man sich die fehlenden Streicheleinheiten und vermissten positiven Bemerkungen »außer Haus« holt und derart die Ehebilanz in die schwarzen Zahlen bringt und den Ehekonkurs vermeidet.

Aber merke: Das ist nicht die Ansicht der amerikanischen Forscher, sondern bloß die einer Hausfrau ohne gehobenen Anspruch an eheliche Treue; zumindest was ihre Person und nicht die ihres Partners anbelangt.

Guter Rat unmöglich!

Angeblich wird jede dritte Scheidung nach gemeinsamem Urlaub der Eheleute eingereicht. Ob's wirklich so ist, kann ich nicht garantieren. Hab's bloß gelesen. Aber falls es wirklich so sein sollte, wäre es kein Wunder. Im Urlaub sind Mann und Frau rund um die Uhr zusammen, da kommt ein Ehepartner leicht zehnmal so lange wie im Alltag in den Genuss aller Angewohnheiten und Eigenschaften des anderen, die er nicht ausstehen kann!

Und weilt das Paar im Ausland, wo sich alle TV-Programme einer Sprache befleißigen, von der Mann und Frau nur dürftige Brocken beherrschen, entfällt auch die »abendliche Schonzeit«, in der man stumm nebeneinander glotzen darf, was Zwist und Zank hintanhält.

Aber einfach gar nicht auf Urlaub zu fahren, nur um den Fortbestand der Ehe zu sichern, geht auch schlecht. Urlaub gilt heutzutage als »die allerschönste Zeit im Jahr«. Wie das Kind, zu dem – als einzigem im ganzen Land – das Christkind nicht gekommen ist, käme man sich da vor! Und dieser Frust würde der Ehe sicher auch nicht besonders gut tun.

Was macht also ein verantwortungsvolles Paar, wenn es in der Ehe kriselt und der Urlaub naht?

Solo-Urlaube buchen? *Er* reist gen Osten, *Sie* gen Westen? Die Methode ist vielleicht ratsam, funktioniert aber nur, wenn man gut bei Kasse ist und ohne Kinder. Allein reisen kommt nämlich teuer. Der Einbettzimmer-Zuschlag ist hoch, man kann auch nicht sparsam nebeneinander in einem Auto fahren. Und mit Kindern funktioniert Solo-Urlaub überhaupt nicht.

Die weigern sich! Nachwuchs hat es so an sich, dass er sich die Ehe der Eltern »heil« wünscht. Und weil er keine

Ahnung davon hat, dass gemeinsamer Urlaub Ehen noch »unheiler« machen kann, besteht er auf »Nur mit Papi und Mami gemeinsam!« und träumt sich vielleicht sogar naiv für die Ferienwochen »große Versöhnung« zusammen.

Gegen solch kindlichen Irrglauben kommen Papi und Mami nicht auf.

Am klügsten wäre es natürlich, die Ehekrise vor Urlaubsantritt zu bereinigen, aber diesen Ratschlag haben konfliktbeladene Ehepaare wohl so dringend nötig wie »die Krot in der Bohnensuppe«. Aus Jux zieht eh kein Paar seine Krise in die Länge.

Bleibt nur: Gemeinsam verreisen und hoffen, dass das gütige Schicksal einen nicht für »jede dritte Scheidung« vorgesehen hat, sondern einem Zeit zu lassen beliebt, die Krise nach dem Urlaub wacker zu überstehen.

»Hasi, soll ich Geschirr trocknen?«

Unlängst saß ich in einem sogenannten »In-Lokal«. Am Tisch neben meinem Tisch hockten zwei junge Herren, wovon mir der eine, weil er eine absolute »In-Person« ist, bekannt war.

Da ich, in Lokalen sitzend, immer sehr heftig an dem interessiert bin, was an Nachbartischen gesprochen wird, lauschte ich dem Gespräch der zwei jungen Herren wesentlich aufmerksamer als dem Redefluss meines eigenen Tischherrn.

Zuerst drehte sich ihr Gespräch um allerlei gehobene und gesunkene In-Probleme. Dann ging die Beisltür auf und eine junge Dame kam herein. Die junge Dame war mir auch ein bisschen bekannt.

Die junge Dame schaute sich um, winkte dem mir bekannten Herrn am Nachbartisch zu und der mir bekannte Herr winkte zurück.

Und während sich die junge Dame durch das vollbesetzte Lokal den Weg zum Nachbartisch bahnte, sagte der mir bekannte junge Herr, voll Besitzerstolz, zu seinem Tischkumpan: »Na, was sagst? Ist sie nicht ein geiles Gerät?«

Der Tischkumpan stieß einen kurzen, zustimmenden Pfiff aus. Zu weiterem Kommentar kam er nicht mehr, denn die junge Dame war schon beim Tisch angelangt.

Galant erhoben sich beide Herren, warteten, bis die junge Dame Platz genommen hatte, setzten sich wieder und der mir bekannte junge Herr hauchte der jungen Dame, dem »geilen Gerät«, einen sanften, innigen, dezenten Kuss auf die Wange.

Da Wien ein Nest ist, in dem jeder von jedem alles erfahren kann, wenn er ein bisschen herumfragt, erfuhr ich noch am gleichen Abend, dass die junge Dame den jungen Herrn,

der sie bei seinen Freunden als »geiles Gerät« einführt, in ein paar Wochen ehelichen wird.

O du Hölle, sagte ich mir. Vor so einem Chauvi, vor so einem Macho, vor so einem fiesen Stück sollte man die junge Dame eigentlich warnen. So eine Ehe muss ja schief laufen. Doch dann fielen mir, dank meiner Lebenserfahrung, alle Herren ein, die ich schon so hübsch irre gespalten durchs Leben gehen sah.

Sie haben eine Diktion für die Kumpel und eine fürs traute Heim. In der »Bruderschaft« reden sie von »geilen Geräten«, daheim fragen sie: »Hasi, soll ich Geschirr trocknen?«

Außer Haus tun sie, als hätte man ihnen die Ehe aufgezwungen. Zu Hause weinen sie Rotz und Wasser, wenn die Ehefrau die Scheidung will.

Schön ist das nicht. Doch anscheinend lässt es sich auch mit solchen Herren leben. Sonst gäbe es ja dreimal so viele Scheidungen bei uns als statistisch erwiesen.

Sparsame Frauen, großzügige Männer

Manchmal in geselliger Runde spricht man über ein abwesendes Paar. Nein, man redet nicht schlecht über die Leute, ganz im Gegenteil, man lobt sie, staunt über sie. »Ja, ja«, sagt einer, »die haben sich was geschaffen! Das Haus, die Möbel, den großen Wagen. Und er fährt Schi und surft und ...«

» ... und sammelt noch die teuren Briefmarken«, ergänzt ein anderer, und ein dritter sagt: »Und dabei haben sie gar keine Schulden!« Und der vierte fragt: »Wieso können die sich das leisten? Die verdienen ja auch nicht mehr als wir!«

Dann legt sich sinnende Stille über die Runde, jeder sucht für sich nach des Rätsels Lösung. Haben die eine reiche Oma? Oder sonst wo geerbt? Hat er Einkünfte, geheime?

Schließlich bricht einer, und der ist garantiert ein männliches Wesen, das sinnende Schweigen und sagt: »Sie kann eben sparen! Sie hält das Geld zusammen!«

Die Männer der Runde nicken zustimmend, die Damen schauen leicht verbittert, denn im Klartext heißt das ja: Wenn ihr auch so sparsam wärt, hätten wir auch ein großes Auto, ein Haus, einen Afrika-Urlaub und eine teure Briefmarkensammlung!

Warum, frage ich mich, erwartet man immer von den Frauen, dass sie das Geld »zusammenhalten«? Typische Männerantwort: Na klar, sie geben es ja auch aus!

Da haben die Männer recht! Und es ist auch gut, dass die Frauen die Geldausgeber in der Familie sind, denn Männer können, bis auf rare Ausnahmen, noch weniger sparen als Frauen.

Da braucht man bloß im Supermarkt die vereinzelt rollenden Männer und ihre voll gepackten Wägelchen, in denen alles lagert, was gut und teuer ist, anschauen!

An der Kassa müssen die Herren dann oft das Scheckheft zücken, weil sie nicht geahnt haben, was das eingeladene Zeug so kostet.

Auch wenn Männer Geschenke kaufen, sagen mir Verkäuferinnen, zeigen sie sich generös und fragen kaum nach Preisen.

Und besucht eine Männerrunde ein Lokal, wird nach Lust und Laune bestellt und nicht nach den Preisen der Speisekarte.

Und Männer, die, um drei Rindsschnitzel geschickt, mit vier Filets und 15 dag Parmaschinken heimkehren, sind auch nicht selten. Kleinlichkeit ist halt nicht des männlichen Mannes Sache!

Darum ist es sehr logisch, dass die Frauen das Geld zusammenhalten müssen. Sonst hätten ja ihre Männer keine Möglichkeit, großzügig zu sein!

Wer redet mehr?

Allgemein ist man ja der Meinung, dass Frauen »gesprächiger« seien als Männer. Wenn ich mir aber meinen Bekanntenkreis anschaue, muss ich sagen: das stimmt nicht!

Ich habe zusammengezählt, was es in meiner Bekanntschaft an »Vielrednern« gibt, und bin auf acht Stück gekommen, vier Männer und vier Frauen. Der Unterschied zwischen gesprächigen Männern und gesprächigen Frauen ist allerdings der, dass Männer lieber ausdauernd »Sachprobleme« im Monolog abhandeln, während Frauen mehr auf der »Gefühlsebene« parlieren.

Aber eines ist männlichen und weiblichen »Ratschen« gemein: sie haben alle einen recht mundfaulen Lebenspartner.

Da redet die Ilse eine Stunde lang darüber, wieso ihr hochintelligenter Sohn, dazu noch absolut lernwillig, trotzdem drei »Nicht genügend« ins Zeugnis bekommen hat, und ihr Mann Gustav sitzt daneben und verzieht keine Miene; ganz so, als wäre dieser Sohn nicht auch der seine.

Das fällt der Ilse dann auf, sie wendet sich an den Gemahl und spricht auffordernd: »So sag doch auch was dazu!« Worauf der Gustav, freundlich lächelnd, antwortet: »Warum denn? Redest ja eh für zwei!«

Und wenn der Kurti einen langen Vortrag über die Weltlage hält und darüber, was geschehen müsse, damit sich diese zum Besseren ändere, sitzt seine Frau Marie still neben ihm und mischt sich mit keiner Silbe ein.

Und fragt man dann die Marie, welche Meinung sie zu diesem Thema habe, antwortet sie auch freundlich lächelnd: »Wird schon so sein, wie der Kurti meint!«

Aber die Annahme, dass sich halt immer ein »Redner«

und ein »Schweiger« zu einer Lebensgemeinschaft trefflich ergänzen, haut nicht hin, denn der ehelich so schweigsame Gustav beliebt in seiner samstäglichen Herrenrunde sehr oft das »große Wort« zu führen und ist dort vor lauter Rededrang gar nimmer zu bremsen.

Und die ehelich stille Marie kann, wenn ihr Kurti nicht anwesend ist, auch sehr redegewaltig sein.

In gut funktionierenden Ehen gibt es eben auf allen Gebieten »Arbeitsteilung«! Und da ist dann halt einer fürs Reden zuständig! Und einer fürs Zuhören! Und wenn die Ilse und die Marie »Partnertausch« betreiben würden, ergäbe das nicht ein vielredendes und ein schweigsames Ehepaar, denn so etwas gibt es nicht!

Dann hätten sie sich von neuem darauf zu einigen, wer das Reden bei gemeinsamen Auftritten übernimmt!

Für Männer erlaubt, für Frauen verboten

Der Mensch hat nicht nur eine Muttersprache, sondern auch eine Körpersprache. Diese Körpersprache zu verstehen kann sehr aufschlussreich sein, denn, abgesehen von gelernten Schauspielern, lügt der Mensch, wenn er sich körpersprachlich ausdrückt, kaum.

Da Körpersprache nicht verlogen ist, zeigen sich in ihr auch Unterschiede zwischen männlichem und weiblichem Verhalten viel deutlicher als in verbalen Aussagen.

Körpersprache von Männern drückt zum Beispiel wesentlich mehr Dominanz aus als Körpersprache von Frauen; die signalisiert meistens Unterordnung. Schon daran, wie Männer und Frauen zu sitzen belieben, lässt sich das erkennen.

Frauen sitzen mit geschlossenen Beinen und an den Leib gehaltenen Armen. Sie machen sich schmal, sie nehmen weniger Raum ein, Männer hingegen bevorzugen eine breite Beinhaltung und lieben es, die Arme vom Körper wegzustrecken. Sie machen sich breit! Sie beanspruchen für ihre Person wesentlich mehr Raum als eine Frau.

Ein Mann darf auch anders schauen als eine Frau! Er darf starren. Intensiv kann er Personen, die ihm gefallen, besichtigen. Und wenn er mag, darf er dazu noch eine Augenbraue heben oder zwinkern.

Jede Menge Signale darf er senden. Frauen dürfen nicht senden, sie müssen empfangen. Sie dürfen dezent lächeln und kaum merklich nicken. Sie dürfen natürlich auch nicht so spontan wie Männer Körperkontakt aufnehmen.

Sie geben die Hand, sie schütteln die Hand nicht. Und die Frau, die zur Begrüßung einem Menschen die Hand auf die Schulter schlägt, ist eine Rarität.

Und eine Frau, die – zum Beispiel – in einem Lokal dem Ober beim Bestellen »in aller Freundschaft« liebevoll auf den Hintern klopft, ist fast schon unvorstellbar.

Naturgegeben sind diese Unterschiede in der Körpersprache gewiss nicht. Frauen ist einfach vieles verboten, was Männern erlaubt ist. Frauen »tun das nicht«. Basta!

Und auch die Frauen, die schon so zu reden und arbeiten und denken wie die Männer gelernt haben, unterscheiden sich in der Körpersprache noch immer vehement von den Männern.

Was nichts anderes zeigt, als dass uns »weibliches Verhalten« exzellent antrainiert wurde.

»Ich merke doch, dass du was hast!«

In allen Partnerschaften, auch denen, die als harmonisch angesehen werden dürfen, gibt es Tage, die der Harmonie entbehren.

Nein, da war kein Streit, keine heftige Debatte, auch kein Vorfall, der Verstimmung nach sich ziehen könnte. Und trotzdem: Schon beim Frühstück merkt der eine Kompagnon der Partnerschaft, dass der andere »etwas hat«. Dumpf hockt der Partner beim Kaffee, Fragen beantwortet er mit »ja«, »nein« oder einem schlichten »hmpf«. Gewiss, auch an harmonischen Tagen gibt der Partner keine ausführlicheren Antworten. Doch an den Tagen, an denen er »etwas hat«, fehlt den Kürzestantworten die übliche Freundlichkeit. Und er schaut auch so!

Ablehnend schaut er. Man kommt sich vor, als säße man im Schnellzug Wien–Paris, vom Speisewagenober zu einem Menschen an den Tisch gesetzt, der lieber allein geblieben wäre. Da man aber nicht im Schnellzug Wien–Paris sitzt, fragt man: »Was hast du denn?« – »Nichts!« sagt der Partner ablehnend. »Doch!« sagt man. »Ich merke doch, dass du was hast!« – »Was soll ich denn haben?« fragt der Partner und den Tonfall, in dem er das sagt, kann man als gereizt bezeichnen. Natürlich wäre es klug, jetzt nicht mehr weiter zu bohren. Aber das Benehmen, das der Partner an den Tag legt, ist schließlich nichts anderes als Liebesentzug und der verunsichert auch nach zwanzigjähriger Gemeinschaft. Also fragt man noch zehnmal nach, die letzten Male auch schon sehr gereizt. Aufklärung bekommt man keine.

Am nächsten Tag dann ist der Partner wieder wie immer! Und erklärt: »Nichts habe ich gehabt. Aber wenn ich hundertmal gefragt werde, ob ich was habe, werde ich grantig und dann habe ich was!« Man nickt, aber man glaubt es nicht. Man hat recht damit.

Nach Wochen, unter Umständen, erfährt man dann, warum der Partner an jenem Morgen so sauer gewesen ist. Weil er – nur zum Beispiel – keine Socken ohne Loch gefunden hat! Das hat ihn maßlos verärgert. Da er aber ein vernünftiger, großzügiger Mensch ist, spürt er, dass er wegen löchriger Socken keinen Anspruch auf Gram habe. Also schwieg er. »Und außerdem«, sagt dann der Partner, »hättest du ja merken können, dass ich wie ein Irrer Socken suche! Aber dir fällt ja nie etwas auf!«

3 Minuten Redezeit sind zu vergeben

7 Minuten am Tag reden im Durchschnitt Ehepartner hierzulande miteinander! Wie man das herausgefunden hat, weiß ich nicht, aber es scheint eine seriöse Untersuchung zu sein, da anerkannte Fachleute diese 7-Minuten-Redezeit in Vorträgen und Diskussionen immer wieder erwähnen. Hört man von den 7 Redeminuten zum erstenmal, denkt man: Gibt's ja nicht! Überlegt man die Sache aber näher, muss man einsehen, dass 3,5 Minuten Redezeit pro Partner (die beiden quatschen ja hoffentlich nicht im Chor) reichen. Aus langer Erfahrung mit Hörfunkmanuskripten weiß ich, dass zwei Seiten zu 28 Zeilen zu 60 Anschlägen bei normalem Sprechtempo ungefähr dieser Zeitspanne entsprechen. Da lässt sich allerhand unterbringen! Über 200-mal »Ich liebe dich« zum Beispiel.

Da aber kaum eine Ehefrau das Bedürfnis hat, ihrem Mann 200-mal am Tag ihre Zuneigung zu verkünden, bleibt eine Menge Raum für andere Botschaften. »Ich brauch' Geld« und »Ich bin schwanger« und »Evi bleibt sitzen« und »Schnarch nicht« und »Du wirst fett«. Keine dieser Botschaften braucht mehr Redezeit als »Ich liebe dich«, also sind auch davon noch 199 Stück zu machen.

Nur ist es leider so, dass Eheleute sprachlich nicht so schlicht miteinander umgehen. Die Botschaft, dass Otto kommen wird, fängt ja unter Umständen so an: »Übrigens, was ich dir noch sagen wollte ... Jetzt fällt es mir glatt nicht mehr ein! So was Blödes ... Ach, ich weiß schon wieder! Wegen heut Abend war es. Weil gestern nämlich, da hab' ich mit dem Otto telefoniert und da hat er gesagt, dass die Erika auf Kur ist und da hab' ich gesagt ...«

Und dann erst erfährt der Ehemann, dass der Otto zum

Nachtmahl kommen wird, und die arme Ehefrau hat ihre Redezeit für den ganzen Tag komplett vertan! Noch schlimmer ist, dass diese 3,5 Minuten ein Durchschnittswert sind! Redet diese Frau weiter, ohne der seriösen Statistik zu achten, müssen zehn andere unschuldige Frauen den Mund halten, um das Untersuchungsergebnis nicht in Frage zu stellen.

PS: Ich werde heute, aus Gründen, die nichts zur Sache tun, mit meinem Mann kein Wort mehr reden. Gut drei Minuten Redezeit sind also frei. Falls eine Leserin Bedarf hat, möge sie sich bedienen!

Richtiger streiten

Ich muss etwas loswerden, was heutzutage gar nicht »in« ist, was auch garantiert – psychologisch gesehen – grundfalsch ist und mir sicher viel leserbrieflichen Widerspruch einbringen wird: Ich glaube nicht ans »richtige Streiten«! Damit meine ich gar nicht, dass es nicht gut und wohltuend wäre, wenn Eheleute im Konfliktfalle in Rede und Gegenrede, ganz gleich welcher Lautstärke, das anstehende Problem bereinigen könnten.

Ich behaupte nur, dass die Sache, auch wenn sie einem noch so gut erklärt wird, selten funktioniert. Ich behaupte sogar, dass es für viele Eheleute gar nichts nützt, das »richtige Streiten« perfekt zu beherrschen, wenn sie nicht in trauter oder untrauter Zweisamkeit leben, sondern in einem größeren Familienverband, der vom »richtigen Streiten« keine Ahnung hat.

Die Kinder, zum Beispiel, können beim »richtigen Streiten« ein arges Hindernis sein. Sie haben von Freunden und Mitschülern gehört, dass auf Ehestreit Ehescheidung folgt. Dass das nur den »falsch« Streitenden passiert, wissen sie nicht.

Leicht kann es passieren, dass sie die häusliche Lage missdeuten. Es klingt ja schön, wenn man dagegen einwendet, das sei leicht aufzuklären, da müssten Papi und Mami bloß erklärend eingreifen. Tatsache ist aber, dass viele Kinder ihren Eltern von solchen Ängsten gar nichts erzählen und Papi und Mami oft nicht wissen, mit welchen Befürchtungen sich ihre geliebten Knirpse herumschlagen müssen. Fast unmöglich wird aber der noch so richtig geführte Streit, wenn eines Streitpartners Mutter im Haushalt lebt. Ich – um einmal privat zu werden – müsste mit so einem Streit warten, bis Mitternacht vorüber ist und meine Mutter zu Bett gegangen ist, denn ihr »zu meiner Tochter halten« und ihr helfendes Mitstreiten an meiner Seite würden dem Ehestreit eine Wendung geben, die kein gelernter und diplomierter Streiter gutheißen könnte.

Nach Mitternacht aber kann ich leider nur noch gähnen; was wahrscheinlich keine günstige Ausgangsposition für mich im Streitfall wäre.

Ich für meinen Teil muss also weiter »cool« bleiben und relativ streitlos durchs Leben wandeln, solange man nur den »Partnern« und nicht den ganzen Familien das »richtige Streiten« beibringt.

Der Kaffee

In der Küche, beim Tisch, sitzt meine Mutter und liest einen Mami-Roman. Außerdem sind noch in der Küche: meine Tochter und ein junger Mann. Der junge Mann gähnt und sagt: »Ein Kaffee wär' gut!« Meine Mutter schaut vom Mami-Roman hoch, schaut die Enkelin an und sagt: »Koch an Kaffee!« – »Warum ich?« fragt die Enkelin. »Ich trink' keinen Kaffee! Nie!«

Der junge Mann nimmt den Wasserkessel und will Wasser einfüllen, doch so hurtig, wie es den rheumatischen Gliedern meiner Mutter gar nicht zusteht, springt sie auf, entreißt ihm den Wasserkessel und schnauft: »Ich mach' das schon!«

Der gähnende junge Mann sinkt auf einen Küchensessel und wirft meiner Mutter einen freundlichen Blick zu. Meine Mutter heimst zuerst diesen Blick ein, dann schaut sie rügend zu mir, die ich bei der Küchentür stehe. Klar! Ich war es ja, die das kaffeekochunwillige Geschöpf großgezogen hat! Einer besseren Erziehung teilhaftig, würde das Kind wissen, dass man Männern Kaffee zu kochen hat!

Ich halte dem Mutterblick stand (seit ein paar Jahren kann ich das). Ich sage, auf den jungen Mann weisend: »Warum soll er sich den Kaffee nicht selber kochen?«

»Weil mir faule Frauen ein Graus sind«, zischt meine Mutter und tut Kaffee in den Filter.

Der junge Mann wetzt unruhig auf dem Sessel herum und schaut verzagt zwischen Großmutter, Mutter und Tochter hin und her. Er wagt nicht – meiner und meiner Tochter Blicke eingedenk –, sitzen zu bleiben.

Er wagt auch nicht, meiner Mutter den Wasserkessel zu entreißen. So seufzt er bloß. Ein männlicher Jungmann, mitten im weiblichen Generationskonflikt, hat es nicht

leicht! Der Generationskonflikt ist dann zugunsten meiner Mutter ausgegangen. Der junge Mann hat verlegen weiter gegähnt, meine Mutter hat Kaffee gekocht und Tasse und Löffel und Milch und Zucker herbeigetragen.

Und am Abend hat sie geklagt, dass ihr alle Knochen und sämtliche Knöchelchen weh täten, weil sie den ganzen Tag keine Minute hat verschnaufen können. Da hat ihre Enkelin zu einer längeren Rede den Mund aufgetan. Aber ich habe abgewunken. »Let it be!« habe ich ihr zugeflüstert. »Es ist sinnlos!« Und dann habe ich mir vorgenommen, dass ich morgen Kaffee kochen werde, falls irgendein männlicher Gähner Kaffee haben will.

Meine Mutter kann schließlich nichts für ihr verqueres Rollenverständnis. Aber es ist schon erstaunlich, dass Männer sogar aus weiblicher Solidarität ihren Nutzen ziehen.

»Schon gewählt?«

Hurtig und selbstbewusst Entscheidungen zu treffen, ist nicht jedermanns Sache. Viele Leute fühlen sich schon gestresst, wenn sie im Beisel zwischen Kalbsbrust und Gulasch wählen sollen. Ob sie den Urlaub in Italien oder in Spanien verbringen sollen, bereitet ihnen schlaflose Nächte.

Geht es um schwierige Entscheidungen – ob man etwa das Kind mit den drei Fünfern im Gymnasium lassen soll, ob man die Wohnung oder den Job wechseln soll –, geraten sie in Panik.

Dass diese Leute dann doch zu ihrer Kalbsbrust kommen, den Urlaub in Spanien verbringen, den Sohn die Klasse wiederholen lassen, die teure Wohnung nehmen und den Job wechseln, liegt an ihren Partnern. Denen bleibt nämlich nichts anderes übrig, als für den geliebten Zauderer zu entscheiden.

Nun könnte man ja sagen, das sei keine üble Sache. In so einer Partnerschaft muss ja eine Menge Konfliktstoff wegfallen und viel Streit vermieden werden. Denn der, der die Entscheidungen trifft, kann auf Urlaub fahren, wohin er mag, kann dort wohnen, wo er will, die Kindererziehung findet ungestört in seinem Sinne statt und überhaupt geht alles nach seinem Kopf!

Die Sache hat aber leider einen Haken, den jeder, der in einer Partnerschaft in die Position des Entscheidungsträgers gedrängt wurde, bestätigen wird: Nicht alle Entscheidungen, die man guten Willens und besten Wissens getroffen hat, erweisen sich als richtig. Die Kalbsbrust, zu der man geraten hat, kann zäh sein, der Spanienurlaub kann verregnet werden, das Kind kann wieder drei Fünfer bekommen, der Nachbar in der neuen Wohnung kann sich als eifriger

Tubabläser entpuppen und der neue Job kann ein lausiger sein.

Und genau darauf scheint der Zögerer gewartet zu haben! Tief zufrieden hockt er dann da und bringt alle Bedenken vor, die er schon seinerzeit zu dieser Sache geäußert hatte. Da heißt es dann: »Ich habe es ja gleich gesagt« und »Aber du, du hast es natürlich besser wissen müssen!«

Worauf sich der arme Partner schwört, nie, nie, nie wieder mit einem Satz, einem Wort, einer Silbe den zögerlich lahmen Partner zu beeinflussen. Auf diesen guten Vorsatz vergisst er dann allerdings beim nächsten Beiselbesuch. Wer hält es denn schon aus, dass der Ober zum zehnten Mal zum Tisch kommt und grämlich fragt: »Haben der Herr nun endlich gewählt?«

Womit Frauen ihre Zeit verplempern

Eine beliebte Klischeefigur in Filmkomödien ist die Frau, die überallhin zu spät kommt, die nie einen Termin pünktlich einhalten kann und damit ihren armen Ehemann zur Verzweiflung treibt.

Züge erklimmt diese Frau in dem Moment, da der Bahnhofsvorstand die rote Scheibe hebt, und womöglich bleibt dann noch ihr Koffer auf dem Bahnsteig zurück, das Flugzeug, in das sie steigen wollte, sieht diese Frau vom Taxi aus starten und ins Theater kommt sie natürlich auch erst in allerletzter Minute.

Abgesehen davon, dass ich mehr unpünktliche Männer als unpünktliche Frauen kenne, habe ich es auch schon oft erlebt – und nicht nur in der Filmkomödie, sondern auch in der Realität –, dass sich ein Ehepaar, Entschuldigungen flüsternd, im bereits dunklen Kino zu seinen Plätzen durchzwängt, und ich habe auch schon gehört, wie dann der Ehemann seiner Ehefrau zugezischt hat: »Mit dir kann man ja nie zurechtkommen!«

In Filmkomödien kommt die Unpünktlichkeit dieser Frau davon, dass sie entweder zu lange beim Friseur gesessen ist oder mit der Auswahl ihrer Kleidung zu zögerlich war oder in allerletzter Minute noch ein unwichtiges, aber langes Telefongespräch mit einer Freundin führte.

In der unkomödiantischen Realität aber sind die Gründe, die eine Frau dazu treiben, einen Zug zu verpassen oder ins Theater zu spät zu kommen, leider weit weniger heitere.

Ich habe einen Bekannten, der oft stöhnend davon berichtet, dass seine Frau »kein Zeitgefühl« habe und er deshalb eine lückenhafte Bildung auf dem Sektor Theater, weil er nie erste Akte sehe. Dabei freut sich der arme Kerl jedes Mal so aufs Theatererlebnis!

Aus lauter Vorfreude nimmt er am Theater-Abo-Tag, gleich wenn er vom Büro kommt, ein langes Bad und dann legt er sich ein Stündlein aufs Ohr, damit er ein ausgeruhtes Hirn für den Kulturgenuss bekommt, und dann zieht er sich sorgfältig an und dann muss er sehen, dass seine Frau noch immer im Unterkleid herumsteht und zwei Lockenwickler im Pony hat.

Wahrlich eine schreckliche Frau! Seit drei Stunden ist sie vom Büro zu Hause und hat die Zeit damit verplempert, den Kindern Nachtmahl zu richten, einem Knabenhemd zwei Knöpfe anzunähen, einen Fehler in einer Schlussrechnung zu suchen und den Streit zwischen Geschwistern zu schlichten!

Als ob sie das nicht auch ein anderes Mal tun könnte!

Wenn wir sie nur ließen

Die Männer sind keine Machos und Paschas mehr. Die haben umgelernt und sehen ein, dass sie partnerschaftlich alle Arbeit im Haushalt zu tätigen haben.

Nur noch zwölf Prozent der Männer, heißt es, halten Hausarbeit für »reine Frauensache«, die sie nichts angeht.

Allerdings hat sich diese schöne Erkenntnis nicht in noch schönere Tat umgesetzt. Mehr als 80 Prozent aller Hausarbeit wird noch immer von Frauen erledigt. Woran das liegt, darüber sind naturgemäß Männer und Frauen uneins.

Aber was Frauen dazu meinen, fällt nicht ins Gewicht, die interpretieren ja den Widerspruch zwischen männlichem Tun und Denken nur! Männer hingegen erleben ihn, wissen also aus erster Hand Bescheid!

Da wäre zum Beispiel der liebe Hugo, der gern seine 50 Prozent im Haushalt tun würde. Aber Hugo ist beruflich in »gehobener Position« und die hat er angestrebt, weil ihm Chefsein mehr liegt als Ausführen von Befehlen. Einer wie Hugo wird eben unwillig, wenn er »niedere« Tätigkeit erledigen soll. Dem liegt es mehr, mit dem Kochbuch in der Hand das Gulasch-Kommando zu übernehmen und seine Frau anzuweisen, Fleisch in Würfel von 3 Zentimeter Kantenlänge zu schneiden und den Paprika nicht zu lange zu rösten. Aber seine Frau sieht das nicht ein, will in der Küche die Chef-Position behalten und Arbeit an ihn delegieren! Klar, dass er da die Lust verliert und lieber Zeitung liest.

Oder der eifrige Otto! Der ist ein Mann, der alles exakt bedenkt und so kommt er halt ins Sinnieren, wenn er ein Häuptel Zwiebel schneiden soll. Muss er ja auch, wenn in dem Netz sieben verschieden große sind! Welches ist zu nehmen, wieviel Deka soll's haben, wie breit soll eine

Schnitte sein, wie lang jedes Teilstück, in das er die Schnitten schneidet? Und sind die vorhandenen Messer optimal für diese Arbeit geeignet? Otto kann echt nichts dafür, dass seine Frau das Zwiebelhäuptel zerkleinert, während er noch am Durchdenken ist!

Oder Kurti! Kurti ist einfach zu jeder Arbeit willig. Auch zum Einkaufen. Aber bitte doch nicht gerade dann, wenn etwas anderes dringlicher ist. Seine Frau kann ihm den Einkaufszettel doch nicht überreichen, wenn er gerade beim Briefmarkensortieren ist!

Etwas Einfühlungsvermögen in die männliche Psyche müssten Frauen halt aufbringen, wenn es um partnerschaftliche Arbeitsteilung geht! Wenn sie das nicht schaffen, sind sie selber schuld, dass 88 Prozent williger Männer weit weniger als 20 Prozent der Hausarbeit leisten!

Was so ein Mann nicht alles weiß

In meiner Kindheit haben mich Frauen (Mutter und Großmutter) darauf trainiert, mich mit allen meinen kindlichen Wieso-warum-weshalb-Fragen an Männer (Vater und Großvater) zu wenden, wenn meine Fragen etwas schwieriger zu beantworten waren und mit Alltagsvorkommnissen nichts zu schaffen hatten.

Dieses frühkindliche Training verlief so erfolgreich, dass ich mich auch heute noch mit allen Fragen, die sich so im Leben ergeben, zuerst einmal an meinen Mann – er ist der einzige Mann im Haushalt – wende.

Früher, in unseren ersten Partnerschaftsjahren, hat mein Mann darauf ziemlich unwillig reagiert, so er um die erwartete Antwort nicht Bescheid wusste.

»Woher soll ich denn das wissen?« hat er etwa gemurrt, wenn ich von ihm den Namen einer kleinen gelben, unscheinbaren Wiesenblume erfragen wollte. Irgendwie hatte er ja auch recht! Dass er keiner ist, der Blümchen ein besonderes Augenmerk schenkt, war ja schon nach kurzer Bekanntschaft zu ahnen.

Oft murmelte er damals auch gequält: »Bitte, das steht sicher im Lexikon! Schlag nach!« Er wollte einfach nicht einsehen, dass es seine Aufgabe sei, im Lexikon nachzuschlagen und mir dann das Nachgelesene zu übermitteln. Mit den Jahren des Zusammenlebens jedoch hat er eingesehen, dass es unschön ist, die Erwartenshaltung seiner Ehefrau so selten zu befriedigen.

Ohne zu murren und zu zaudern beantwortete er nun alle meine Fragen, nennt mir eine exakte Jahreszahl, in der die Ostgoten auf die Westgoten stießen, nennt – ohne mit einer einzigen Wimper zu zucken – das kleine, unscheinbare Blüm-

lein, das ich ihm vor die Brille halte, »Wiesenschaumkraut« und erläutert mir das Schwammerl, auf das ich Auskunft heischend zeige, als »Rosstäuschling«. Ich bin jetzt zufrieden. Obwohl es eigentlich schon sehr bedenklich ist, dass die Wälder rund um unser Haus voll von Rosstäuschlingen sind und die Wiesen voll von Wiesenschaumkraut und sich die Rosstäuschlinge und die Wiesenschaumkräuter oft auch sehr verschieden ausnehmen. Sei's drum! Hauptsache, ich kann fragen! Das gibt Sicherheit!

Kleines Dummerl

Für manche Menschen gehört es zum Schwierigsten im Leben, zuzugeben, dass sie bei einer bestimmten Sache im Unrecht waren. Ob es sich dabei um eine schwerwiegende Angelegenheit mit bösen Folgen oder um eine lächerliche Kleinigkeit ohne weitere Bedeutung handelt, spielt für diese Leute fast keine Rolle.

Ihnen unterläuft kein Fehler! Sie machen keine Dummheit! Sie haben den optimalen »Durchblick« und irren nie! Werden dieser Menschen Fehlleistungen und irrige Meinungen und ihr falsches Verhalten in gewissen Situationen dann doch offenkundig, arbeiten sie mit allen Tricks, die ihnen zur Verfügung stehen, mit viel Beredsamkeit und noch mehr Hinterlist, um die Sache doch noch zu drehen, dass sie – zumindest – »nicht ihr Gesicht verlieren«. Sie verdrehen alles komplett, streiten, lügen, tun beleidigt und klammern sich an ihr »Rechthaben« wie der Nichtschwimmer im offenen Meer an den Rettungsring. Daraus ergibt sich natürlich, dass es für viele andere Menschen, für die, die mit solchen rechthaberischen Leuten zusammenleben, zum Schwierigsten im Leben gehört, bei einer bestimmten Sache recht zu haben. Da müssen sie dann nämlich unheimlich sensibel und schlau vorgehen; sonst hängt der Hausfrieden schief – wenn er nicht gar von der Wand fällt!

Es ist sehr verständlich, aber auch sehr unklug, wenn die Frau des rechthaberischen Mannes im Falle von absolut erwiesenem Unrecht des Partners hämisch grinsend sagt: »Na siehst du! Ich hab' es ja gleich gesagt!« So ein Verhalten verträgt der arme Mann nun wirklich nicht. Aber einfach die Sache schweigend übergehen, ist nicht richtig. Da liest dann der arme Mann aus dem stummen Blick seiner Frau ein enormes Ausmaß an Vorwurf oder Schadenfreude heraus.

Wohlwollender und freundlicher, wenn auch ziemlich verlogener Zuspruch bewährt sich immer noch am besten. Man kann sagen, dass sich da fast jeder sehr intelligente Mensch geirrt hätte, dass man selber eigentlich bloß rein irrtümlich der richtigen Meinung war. Und dass – rein theoretisch gesehen – die irrige Meinung eigentlich die viel logischere gewesen sei!

Sicher, derart behandelt man seinen Partner wie ein kleines Dummerl! Aber wenn er eines ist, wie soll man ihn denn sonst behandeln?

Mahnende Kastentür

Ich kenne einen großen, weißen Vorzimmerschrank, dessen eine Tür ist – bis zur halben Höhe – rot angemalt. Dass das kein innenarchitektonischer Gag, sondern nicht fertiggestellte Arbeit ist, sieht man am zittrig-zackigen Abschluss des roten Stückes. Seit Jahren ist dieser Schrank so. Weil in der Wohnung aber sonst nichts auf lotterhafte Einstellung zur Arbeit hinweist, fragte ich nach und erfuhr: Die Schrankbesitzerin hatte vor Jahren Streit mit ihrem Mann. Sie warf ihm an den Kopf, was man Männern nach langer Ehe an den Kopf werfen kann – ein Teller war auch dabei –, rief dann, sie hasse den Mann, und wollte die Scheidung.

Der Mann packte ein paar lebensübliche Dinge, sagte, man möge die Scheidungsklage an die Adresse seiner Mutter senden, denn dorthin begebe er sich jetzt – und verließ die Wohnung.

Die Frau gratulierte sich zur längst fälligen Entscheidung und begann die Zukunft zu planen. Aus dieser Beschäftigung riss sie eine Verkehrsmeldung im Radio, die besagte, dass auf der A1, nahe Ybbs, ein Verkehrsunfall passiert sei. Die Mutter, zu der sich der Mann hatte begeben wollen, wohnte in der Nähe von Ybbs. Und die Frau wusste, dass der Mann zum »Schnellfahren« neigte. In der Zeit, die man braucht, um eine Zigarette zu rauchen, setzte sich in ihr die Meinung fest, ihr Mann sei der Unfallfahrer. Und dann merkte sie beklommen, dass ihr der Streit mit dem Mann plötzlich unsinnig erschien und dass die Liebe zu ihm so taufrisch in ihr wogte wie am ersten Tage! Bebenden Herzens rief sie die Schwiegermutter an. Dort meldete sich niemand. Die Frau legte es dahingehend aus, dass die arme Frau bereits am Unfallorte sei. Dann rief die Frau bei der

Polizei an, drückte sich aber – erregt und verzweifelt – so sonderlich aus, dass man ihr bloß sagte, sie möge in einer Stunde wieder anrufen.

Die Frau stand die Stunde, untätig sitzend, nicht durch. Sie wanderte durch die Räume, kam an einer Dose Lack samt Pinsel vorbei. Wohl wissend um das Sinnlose der Sache, öffnete sie die Dose, tauchte den Pinsel ein und strich die Schranktür. Ein Hauch von Beruhigung war in dieser Tätigkeit. Die Frau malte, bis die Wohnungstür aufging und der Mann, sanft nach Wein riechend, eintrat und sagte, er liebe sein Weib und könne sich von ihm nicht trennen! Seither hat der Schrank die rote Tür. Als Mahnmal, sagt die Frau. Ein paar Mal, sagt sie, habe sie der Anblick der Tür in allerletzter Minute daran gehindert, einen normalen Ehekrach in eine Ehe-Auflösungs-Orgie entarten zu lassen. Dafür, sagt die Frau, könne man ein hässliches Kastentürl schon aushalten!

Lieblingsspeisen und Grausgerichte

Probleme mit Resten und Familienmägen

Die Personen, die üblicherweise essen, was ich koche, haben unregelmäßige Mägen. Einmal brauchen sie, um diese zu füllen, drei Schnitzel, einmal reicht ein halbes zur rülpsenden Sattheit. Einmal fallen sie über das Gemüse her wie ausgehungerte Vegetarier, einmal kosten sie davon wie neugierige Hauskatzen.

Die Quantität der Nahrung also, die ich zubereiten muss, ist eine ungewisse. Denn auch freundliche Anfragen, wie es denn um die Aufnahmebereitschaft der Mägen so stehe, fruchten kaum. Ein hungriger Mensch nämlich, dessen Magen um 19 Uhr nach einer Pfanne voll Nockerln verlangt, kann bis 20 Uhr so viel »Durchbeißer« verschlungen haben, dass er kein einziges Nockerl essen kann.

Es soll Hausfrauen geben, die sich bei der Quantität des zu Kochenden nach den Minimalbedürfnissen richten. Das ist sicher vernünftig. Dann mampfen eben die guten Leute nach dem Essen »Durchbeißer«. In unseren mitteleuropäischen Mittelstandshaushalten verkommt man nicht! Da sind Wochenrationen von Joule in Laden und Kästen verborgen.

Ich gehöre aber leider nicht zu der einsichtigen Sorte Hausfrau, die dessen eingedenk ist. Ich meine immer, einer meiner Lieben könne verhungern.

Wenn ich am Montag die Frage »Ist noch was da?« mit »Nein« beantworten muss, koche ich am Dienstag in einer Rein, Format: Ausspeisung.

Aber am Dienstag fragt mich leider keiner, ob noch etwas da ist. Am Dienstag nippen sie alle wie die Elfen! Vom Dienstagessen bleibt also – außer meinem Frust – ein sogenanntes »Restl«.

Dieses fülle ich vom Riesenreindl in ein kleineres um und stelle es in den Eiskasten. Dort steht es tagelang. Ich biete es, beredt wie ein Zeitschriftenvertreter, jedermann in regelmäßigen Abständen an. Aber keiner will es haben. (Ich auch nicht!)

Bis sich dann, trotz Gefrierschrankkälte, das »Restl« verfärbt oder zersetzt, bis es vertrocknet oder verschimmelt oder sonst wie indiskutabel aussieht. Oder riecht.

Dann werfe ich es weg.

Und knapp danach huscht einer meiner Lieben zum Eiskasten, betrachtet suchend seinen Inhalt, fragt nach dem Weggeworfenen und gibt an, »irrsinnige Lust« danach zu haben.

»Weggeworfen?« fragt das Familienmitglied und macht fast echte Dritte-Welt-Augen. Dann stehe ich da und fühle mich schuldig und habe nur eine Sehnsucht: endlich auch einmal ein schuldloser Kostgänger sein zu dürfen!

Lieblingsspeisen und Grausgerichte

Fast jeder Mensch – abgesehen von den Ausnahmen der Allesfresser – hat seine Lieblingsspeisen, aber auch seine Grausgerichte.

Doch außerdem haben viele Leute noch plötzlich »Gustos« nach Nahrungsmitteln, die sie ansonsten nicht besonders mögen, und ich hege den Verdacht, dass diese Gustos besonders dann keimen und blühen, wenn das spezielle Nahrungsmittel rar oder auf dem Markt gar nicht vorhanden ist.

Habe ich vier Paar Frankfurter gekauft und biete sie zum Nachtmahl an, ziehen meine Lieben ein sogenanntes »Schnoferl« und stöhnen erbarmungswürdig.

Würstel, werde ich belehrt, seien so gar nicht nach ihrem Geschmack. Rindfleisch zum Gemüse, das wäre richtig! Oder wenn schon Würstel, dann Bratwürstel!

Und dann macht sich der einzig gutmütige Liebe, den ich habe, lustlos über die Frankfurter her und die anderen Lieben streiken und kramen selbstversorgerisch im Eisschrank.

Habe ich aber nur ein einziges Paar Frankfurter erstanden, und dies ausschließlich aus dem Grund, weil ich selbst danach »Gusto« hatte, wird dieses Würstelpaar zum Objekt der Sehnsüchte meiner Lieben.

»Jö, Würstel!« ruft jeder, der die Eisschranktür öffnet, ganz gierig. »Kann ich die haben?« Und macht ein arg trauriges Gesicht, wenn ich sagen muss, dass ich die Würstel leider schon der Schwester versprochen habe.

(Eine taktvolle Hausfrau und Mutter lässt ja sofort von ihrem Besitzanspruch an Würsteln ab, wenn irgendein anderes Familienmitglied danach giert.)

Noch ärger ist es, wenn eine Sorte Essware gar nicht

vorhanden ist. Wochenlang liegt bei uns oft Schokolade herum. Und niemand mag sie haben.

Dann kommt ein Besuch, nimmt sich der Schokolade an und futtert sie weg, und kaum ist der Haushalt bar aller Schokolade, greinen meine Lieben: »Ich hätt' so gern ein bisserl Schokolade! Ein Eckerl wenigstens!«

Aber was wundert's mich! Es ist ja nicht nur beim Essen so. Man beobachte bloß einmal drei Damen vor einem Strumpfhosen-Sonderangebots-Wühlkorb. Sind in dem viele rote, blaue und gelbe Hosen, aber nur eine grüne, kann man wetten, dass alle drei Damen Hand an die grüne legen und zerren.

Selbige drei Damen aber würden vor einem Korb mit vielen grünen Hosen und einer einzigen roten garantiert nach der roten grapschen. Da bin ich mir ganz sicher.

Was heißt hier leichte Speisen?

In letzter Zeit höre ich immer wieder, wenn ich bei meinen Lieben anfrage, was sie denn gern essen möchten: »Etwas Leichtes!« oder »Etwas Zartes!« und: »Nur eine Kleinigkeit!« und: »Etwas Duftiges ohne Kalorien!«

Dieser Essenstrend scheint nicht nur bei den Leuten, die ich bekoche, im Schwange zu sein. Auch andere Frauen sagen mir, dass bei ihren Lieben Schweinsbraten und Knödel und Nockerln und Sterz und Gulasch und Schnitzel »out« sind.

Gegen diesen kalorienarmen Geschmackstrend wäre ja – im Interesse einer gesunden Ernährung – gar nichts zu sagen, wenn ich bloß wüsste, wie man einen halbwegs abwechslungsreichen Speisezettel aus duftigen, zarten, leichten Kleinigkeiten zusammenstellt.

Was mir in dieser Richtung einfällt, sind lauter Luxusspeisen: Forelle blau, Kalbsleber natur, Shrimp-Cocktail, junger Spinat mit Mozzarella, Kalbsmedaillon mit Spargel, Fenchel mit Schinken überbacken …

Da mein Haushalt kein »Neue-Wiener-Küche-Fünf-Stern-Lokal« ist, lehne ich, vor allem aus Kostengründen, so einen Speiseplan ab.

Das Angebot in den Läden aber, die ich einkaufend besuche, bringt mir auch keine duftigen Kochideen. Da gibt es Kohl und Kraut, bleiche Paradeiser, Karotten, Rindsschnitzel und Stelzen, Bohnen, Erbsen, Nudeln, Mehl …

Und mein Kochhirn denkt: Rindsrouladen mit Nudeln, Bohnengulasch, Kohl mit Knackwurst, Stelze mit Kraut … Also ziehe ich meine zwanzig Kochbücher zu Rate und lese mich durch Fettes, Üppiges, Voluminöses und finde auch hie und da eine halbwegs preiswerte, zarte leichte Speise, deren Zutaten sogar im Jänner leicht zu erwerben sind.

Frohgemut erzeuge ich diese zarte, kalorienarme Köstlichkeit. Frohgemut verschlingen meine Lieben diese zarte, kalorienarme Köstlichkeit und loben mich für meine Kochphantasie und erklären mir, dass sie sich nun viel wohler fühlen als mit den üblen drückenden Knödeln im Bauch.

Aber eine Stunde nach Beendigung des belobten Mahls sehe ich einen nach dem anderen in die Küche eilen und dicke Hausbrotscheiben mit Grammelschmalz bestreichen. Und mampfend bereden sie dann, ob Zwiebelringe mit Paprika oder Knoblauch mit Pfeffer die bessere Grammelschmalzauflage sei.

Man soll sich wirklich nicht den Kopf über kleine, duftige Häppchen zerbrechen!

Tafelspitz ohne Tafelspitz

Manchmal ist auch der geübten Köchin zum »Aus-der-Haut-Fahren«. Gestern war es bei mir so weit! Neun Leute saßen bei mir herum und warteten auf ein Nachtmahl.

Ich war bereit, ihnen diesen Wunsch zu erfüllen, und wollte ihre kühnsten Erwartungen noch übertreffen. Wienerisch auf die beste Art sollte das Essen werden. Tafelspitz mit Beilagen machte ich. Mit Liebe und Geduld ging ich zu Werk.

Für den Apfelkren briet ich die Äpfel. Da wird der Apfelkren unübertrefflich! Und die Schnittlauchsoße rührte ich auf Urgroßmutterart aus passierten, in Milch erweichten Semmeln, rohen und harten Dottern, Öl und einem Hauch Weinessig.

»Göttlich«, lobte ich mich beim Abschmecken. Auch dem Erdäpfelschmarren widmete ich viel Aufmerksamkeit. Ein tolles Steak braten kann ja jeder, aber einen Erdäpfelschmarren so komponieren, dass sich die Esser um das letzte Fuzerl in der Pfanne raufen, darauf kommt es an!

Dann kochte ich noch Fisolen mit Dill und Kohlrüben mit Erbsen und Spinat mit Schalotten und tat meine schönen Beilagen in schöne Schüsseln und ließ sie von einem willigen Helfer zu Tische tragen.

Zufrieden hörte ich die »Ahhhs« und »Ohhhs« meiner Gäste bis in die Küche hinaus, wo ich gerade den Druckkochtopf öffnete und das Fleisch herausholte.

Ich setzte dem riesigen Fleischbrocken ein Messer an, ich legte das Messer weg und holte meine allerschärfste Klinge. Der Fleischbrocken widerstand auch dieser. Steinhart war das Fleisch, nicht zäh, nicht ledern, ungenießbar hart wie ein Granitfelsen.

Nicht einmal Vampirzähne wären damit fertig geworden. Und zum Aufschneiden hätte ich einer kleinen, aber effizienten Kreissäge bedurft. Also verließ ich zögernden Schrittes die Küche, setzte mich zu meinen Gästen und sprach: »Guten Appetit, mehr gibt's heut' nicht!«

Meine Gäste waren lieb und taten, als sei es die normalste Sache der Welt, Tafelspitz ohne Tafelspitz zu essen. Und endlich einmal blieben in meinen schönen Schüsseln auch keine unschönen Reste.

Bis auf das letzte Erbserl, das letzte Spinatblatterl und das allerletzte Erdäpfelfuzerl wurde alles weggeputzt. Aber zum Aus-der-Haut-Fahren war es trotzdem!

Der Fluch des Topflappens

Dass kleine Ursachen große Wirkungen haben können, wurde mir neulich an einem unauffindbaren Topflappen klar.

Weil mir dieser fehlte, als ich den Topf mit den überbrühten Mandeln vom Feuer ziehen wollte, ergriff ich den Topfhenkel mit schutzlosen Fingern und zog mir am Zeigefinger und am Mittelfinger der rechten Hand je eine Brandblase zu.

Da man mit derart lädierten Fingern ziemlich ungeschickt hantiert, gelang es mir nur wenig später nicht, das scharfe Messer aus dem »Alleszerkleinerer«, mit dem ich die Mandeln zertrümmert hatte, sach- und fachgerecht zu entfernen.

Ich fügte mir am Daumen und am Ringfinger der rechten Hand zwei kleine, aber tiefe Schnittwunden zu.

Mit vier hansaplastverklebten Fingern eine Tortenform auszubuttern ist nicht jedermanns Sache. So holte ich ein transparentes Plastikding aus der Kredenz, in welchem man angeblich – ich hatte es noch nie ausprobiert – Kuchen, auch ohne zu fetten oder zu bröseln, backen kann, und füllte meine schaumige Mandelmasse ein.

Nach vierzig Minuten Backzeit stellte sich heraus, dass meine Mandeltorte zwar prächtig hochgegangen, aber nicht willens war, die transparente Plastikform zu verlassen.

Ich rüttelte verbittert, stocherte, klopfte und stürzte die klebende Angelegenheit ziemlich lange, bis ich endlich vier große und zwei kleine Kuchenbrocken auf dem Kuchengitter hatte, kratzte dann noch mit einer Spachtel den am Kuchenformboden festsitzenden Rest ab und schleuderte die »Wunderform« in die Abwasch.

Fluchend und leicht hektisch rührte ich sodann eine braune Buttercreme an und versuchte, meine diversen Kuchenbrocken mit der Creme wieder auf eine zylindrische Fasson zusammenzuleimen, was mir auch halbwegs gelang.

Als ich das gekittete Ding jedoch vom Kuchengitter auf die Tortenplatte heben wollte, packte ich – sei es wegen der Pflasterfinger, sei es wegen dem Frust in mir – zu unsensibel zu und hielt plötzlich eine Riesenportion cremigen Kuchenmatsch in den Händen, der diesen auch noch entfiel und zu Boden platschte und schließlich von mir, unter Zuhilfenahme von Schaufel und Besen, in den Mistkübel befördert wurde.

Woraus also ziemlich klar zu ersehen ist, dass es sich doch lohnt, ein bisschen nach dem Topflappen zu suchen!

Mein Fortschritt als Kaffeesiederin

Als ich zum ersten Mal, unter Anleitung meiner Mutter, Kaffee kochte, ließ ich Wasser in einem Topf sieden, schüttete Kaffeemehl dazu, drehte, als das schwarze Zeug schäumend hochkroch, schnell das Gas ab und wartete, bis sich die wallende Sache ordentlich gesetzt hatte. Ein paar Jahre später kaufte meine Mutter eine »Karlsbader«. Da schäumte nichts mehr hoch, da brauchte sich nichts mehr »setzen«, da musste man bloß schlückchenweise Wasser zugießen. »Ein echter Fortschritt«, sprach meine Mutter. Allerdings dauerte das Zugießen seine Zeit. So kauften wir ein paar Jahre später eine italienische Espressomaschine. Hei, ging das hurtig! Wasser einfüllen, Kaffee ins Sieb, zuschrauben, aufs Gas stellen und schon brodelte oben schöner dicker Kaffee heraus.

»Ein echter Fortschritt«, sprach meine Mutter. Aber viel Gerbsäure war halt in so einem Kaffee und die tat dem Magen nicht gut. So kauften wir ein paar Jahre später einen Filter samt Tüten. Das war aber nun wirklich einfach und bekömmlich! Kaffee in die Tüte, anbrühen lassen, aufgießen und schon rieselte Kaffee in die Kanne. Und als wir dann erst die Filtermaschine hatten, da mussten wir nicht einmal mehr brühen und aufgießen, da tröpfelte die Sache automatisch vor sich hin.

»Ein echter Fortschritt«, sprach meine Mutter. Aber, ganz ehrlich, ein bissl dünn war der Filterkaffee schon und herzkrank waren wir ja nicht! So kauften wir ein paar Jahre später eine richtige Espressomaschine wie im Kaffeehaus, nur kleiner. Anheizen, Kaffee ins Sieb, Sieb in den Siebhalter, Siebhalter in die Maschine, Hebel herunter und schon blubberte fauchend tiefschwarze, schäumende Köstlichkeit in die Tasse. »Ein echter Fortschritt«, sprach meine Mutter. Nur macht so eine Maschine halt viel Dreck. Kaffeemehl und Kaffeesud bröseln überall herum und der Hahn tropft nach. Das Reinigen dauert länger als das Kaffeetrinken. Darum kaufte ich mir jetzt ein kupfernes Gefäß mit Stiel und koche darin Wasser auf und schütte Kaffeemehl hinein und lasse aufschäumen und »setzen«. Türkischer ist nämlich köstlich und im Nu fertig; auch wenn er leider kein »echter Fortschritt« ist.

Gulasch ohne Zwiebel, Strudel ohne Mohn

Viele Kinder haben ganz merkwürdige Abneigungen, was Nahrungsmittel anbelangt. Manche Mutter mehrerer Kinder sieht zum Beispiel mit gerunzelter Stirn beim Mittagessen jedes Kind einen anderen Bestandteil aus der Gemüsesuppe holen und auf dem Tellerrand oder Tischtuch ablegen. Der Tommi mag die Erbsen nicht, die Gabi mag die Fisolen nicht, der Xandi hat etwas gegen Karfiol und die Evi gegen Karotten.

Gottlob geben sich diese Marotten bei den meisten Kindern im Laufe der Jahre.

Meistens geben sie sich dadurch, dass ein Kind bei fremden Leuten isst, wo es nicht wagt, etwas aus der Suppe zu holen, und dann Erbsen schluckend oder Karfiol mampfend merkt, dass man vom Genuss dieser Gemüsesorten nicht stirbt.

Ich kenne auch eine junge Dame, die bekam bis vor kurzem Schreianfälle, wenn man sie zum Verzehr von Fisch animieren wollte. Nun hat sie sich in einen jungen Herrn verliebt, der leidenschaftlicher Fischesser ist. Seither ist sie gierig nach Fisch.

Erste Liebe kann also auch Gaumentrendwende bedeuten.

Manche Menschen behalten jedoch ihre kindlichen Futterabneigungen bis ins Erwachsenenalter bei. Ich habe oft einen jungen Herrn zu Gast, der mag keine Zwiebel. Eine Speise, in der Zwiebel ist, verweigert er.

Jedesmal, wenn er sich bei mir zum Essen niederlässt, fragt er: »Ist da Zwiebel drinnen?« und schaut misstrauisch auf seinen gefüllten Teller. Auch beim Gulasch fragt er das und fügt hinzu: »Meine Mutter macht nämlich das Gulasch ohne Zwiebel, wegen mir!«

Dann nicke ich und sage, ohne schamrot zu werden: »Ich hab' keine Zwiebel reingetan!«

Und der junge Mann futtert zwei Portionen Gulasch und es schmeckt ihm prächtig. Er hat nämlich nichts gegen Zwiebel, er hat was gegen glasige, gut sichtbare Zwiebelstücke, aber das weiß er nicht, das wissen nur seine Mutter und ich!

Mich kann man nicht so hinterfotzig reinlegen! Ich nämlich esse keinen Mohn, habe noch nie Mohn gekostet. Als Kind hat mir meine Schwester erklärt, das Schwarze im Mohnstrudel seien Ameisen. Aber Mohn ist eindeutig! Da kann mir keiner vormachen, es sei kein Mohn im Strudel.

Der verzweifelte Feiertagseinkauf

Viele Hausfrauen leben in der Angst, ihre Familie nahrungsgemäß unterzuversorgen. An Werktagen kommt diese Angst nicht zum Tragen, da man ja jederzeit Nachschub besorgen kann.

Beim Wochenendeinkauf, gar wenn dem Sonntag noch ein feiertäglicher Montag folgt, ist die Sache schwieriger. Ganz schwierig wird sie, wenn sich dazu noch Besuch angesagt hat.

Für gewöhnlich ist Edi ein freudiger Esser, der zwei Schnitzel leicht verputzt und sich gern ein drittes aufdrängen lässt. Oft isst er sogar mit derart animierender Lust, dass ansonsten karge Esser angesteckt werden und auch ein zweites Schnitzel wollen. Wenn aber Edi, der für Montag erwartet wird, sich am Sonntag schon den Magen überfüllt haben sollte, will er bloß ein klares Süpplein und animiert keinen Mitesser zu doppelter Portion.

Auch das Rätsel, wieviel Brot man für drei Tage braucht, ist nicht zu lösen, weil der Sohn nicht hundertprozentig weiß, ob seine vier Freunde am Sonntag kommen werden. Diese Ungewissheit zieht wiederum Ratlosigkeit beim Wurstkauf nach sich.

Und der Milchbedarf ist ebenso unergründlich. Einmal trinkt die Tochter drei Krügel Milch pro Tag, einmal will sie sogar den Frühstückskaffee »schwarz«. So kauft die Hausfrau eben »für alle Fälle« ein: doppelt so viele Schnitzel wie – realistisch gesehen – nötig, auch Zutaten fürs eventuelle Supperl. Den Besuch der Sohnesfreunde nimmt sie als sicher an und zu guter Letzt, Samstag, fünf vor zwölf, rast sie um ein Steak, weil ihr eingefallen ist, dass die für Sonntag geladene Hedi kein Hendl mag. Und dann hat der Edi wirklich einen verdorbenen Magen und die Freunde des Sohnes kommen nicht und es ist nicht die Hedi, sondern die Berti gewesen, die Hendln nicht ausstehen kann! Und die Tochter hat über die Feiertage eine milchabstinente Periode!

Am Dienstag glotzt die Hausfrau dann betreten in einen vollen Eisschrank und schwört sich, zu den nächsten Feiertagen frugaler einzukaufen! Das tut sie auch. Aber dann ist die Situation halt leider wieder ganz anders! Da ist der Edi dann bei bestem Gusto, die Tochter schreit nach Milch, die Berti ist zu Besuch und mag wirklich kein Hendl und vier hungrige Knaben verstehen die Welt nicht mehr und aus dem Zimmer des Sohnes hört man die bange Frage: »Wieso habt ihr nicht einmal ein Stückl Brot im Haus? Seid ihr so arm?«

Begnadetes Kochtalent

Wer überhaupt keine Ahnung vom Kochen hat, redet gern von »Kochkünstlern« und ist der Ansicht, die Qualität eines Essens hänge vor allem vom »begnadeten Kochtalent« der Köchin oder des Koches ab.

Ich wage dies zu bezweifeln. Kochen kann man, wie jedes andere Handwerk auch, erlernen. Und am wichtigsten beim Kochen ist sicher noch immer das, was meine Großmutter folgendermaßen formulierte: »Es kommt nichts aus dem Topf heraus, was nicht hineingekommen ist!«

Womit sie die simple Tatsache meinte, dass nur erstklassige Zutaten erstklassige Speisen ergeben. Der Meisterkoch, der aus einer zähledernen Gänsegroßmutter einen saftigen, wohlmundenden Braten erzeugt, der muss erst geboren werden.

Ist die Gans aber jung und frisch, das Backrohr in Ordnung und ein gutes Kochbuch vorhanden, muss sogar ein Mensch, der bisher nur Eierspeise und Steaks erzeugt hat, einen ordentlichen Gänsebraten brutzeln können, so er mit Aufmerksamkeit ans Werk geht. Auch das Rotkraut zur Gans und die Erdäpfelknödel kann er leicht schaffen, ohne mit einschlägigem Talent »begnadet« zu sein.

Warum dann trotzdem vielen jungen – und auch alten – Hausfrauen die Gans mit Kraut und Knödeln misslingt, ist eine Sache des Endspurts. Gans allein, Knödel allein, Kraut allein hätten die meisten der Damen, die traurig ein abscheuliches Essen servieren, leicht geschafft. Bis zehn Minuten vor Ende der Kochschlacht ist ja auch alles perfekt gelaufen.

Doch dann war die Gans mit Weinbrand zu bepinseln und da stiegen gerade die Knödel hoch und im Krautreindl zischte es verdächtig und der Köchinnenblick fiel auf die Maroni und die waren noch ungeschält und wo eigentlich

die Preiselbeeren waren, mit denen die Birnenhälften gefüllt werden sollten, wusste nur der Himmel!

Da bricht dann die Panik aus!

Weil kein Lappen in Reichweite und die Gans schon reichlich braun ist, greift die arme Köchin mit bloßen Fingern nach dem Pfannengriff, verbrennt sich die Finger, flucht, sucht den Lappen, schüttet Rotwein ins zischende Kraut – viel zu viel Rotwein – und kann es nicht hindern, dass derweilen die Knödel im sprudelnden Wasser vergatschen.

Vier Hände müsste man haben, dann brauchte man kein begnadetes Kochtalent!

Menü von A bis I: Was tut Ihnen gut?

In den letzten Jahren hat sich in meinem Freundeskreis allerhand getan! Man ist durchwegs nahrungsbewusst geworden. Man isst nicht mehr, was einem schmeckt, sondern was einem »gut tut«.

Allerdings divergieren die Meinungen darüber, was zum gesunden Geist den gesunden Körper fit hält, ziemlich. Freund A., der alte Schweinsbratenadorant, lehnt Schweinefleisch, auch Schinken, entschieden ab. Und bei dem Wort »Wurst« verzieht er das Gesicht.

Freundin B. hat es mit den linksdrehenden und rechtsdrehenden Säuren. Eine Sorte davon, ich habe vergessen welche, meidet sie wie die Pest.

Freund C. ist wie die CIA hinter dem KGB hinter Normal-Suppenwürfeln und Rindsuppenbeilage in Speisen her. »Harnsäure«, sagt er. »Gicht«, mahnt er. »Eigenes Grab schaufeln«, murmelt er.

Freundin D.s Darm stehen nur Gärungsbakterien zu, alles, was Fäulnis im Darm verursacht, lehnt sie ab. Freund E. verfährt umgekehrt. Er darf nichts einnehmen, was sich gärend zersetzt.

Freundin F. isst zwar allerhand und es muss nicht einmal biologisch rein sein, aber sie futtert nur bis vierzehn Uhr. Zu vorgerückter Stunde nimmt sie bloß alte Semmeln und Magermilch zu sich.

Freund G. ist nicht wählerisch, doch roh muss seine Nahrung sein. Ob Fisch oder Karotte, ob Ei oder Krautkopf, die Nahrung hat dem Herd fernzubleiben. Freundin H., die alte, gute Mehlspeistante, hat sich auch bekehrt. »Vollwertkost«, sagt sie. Gegen Mehlspeisen ist sie nicht, aber sie müssen aus Weizenkörnern erzeugt sein, die man selber gemahlen hat. Und dies kurz vor der Teigbereitung, weil sonst alles Gute am Weizen verloren ist. Und gesüßt müssen die Mehlspeisen natürlich mit Honig sein. Richtig in Streit geraten kann Freundin H. mit Freund I. über dieses Problem, denn Freund I., der Einfaltspinsel, meint doch glatt, er täte sich etwas Gutes, wenn er mit braunem Rohzucker süßt.

Ich achte ja alle diese Freundesmeinungen über wertvolle Nahrung. Ich verstehe das! Aber die lieben Nachtmahleinladungen, bei denen die Freunde von A bis I so wohltuend um unseren Tisch versammelt waren, die kann ich seit Jahren nicht mehr aussprechen.

Ein Menü zu kochen, das A bis I zufriedenstellen würde, schaffe ich nicht.

Neue Gäste-Gelüste

Im Laufe des letzten Jahrzehnts haben viele Menschen ihre Lebensgewohnheiten grundlegend geändert. Hat man oft Gäste bei sich und dies auch über Nacht oder für ein ganzes Wochenende, merkt man diese Veränderung besonders deutlich.

Etliche der lieben Freunde, die früher in mehr oder weniger rasanten Autos bei uns vorfuhren, wandern nun an; in roten Wadelstutzen und Kniehosen, mit Rucksack und Blasen an den Fersen.

Diese »neue« Art der Fortbewegung verändert natürlich auch den Verlauf des gastlichen Abends gewaltig, denn Wanderer sind müde. Sie gähnen bereits beim Nachtisch und schlummern zu einer Zeit, zu der sie früher gefragt hätten: »Und was tun wir nun mit dem angebrochenen Abend?«, fest und tief in den Gästebetten.

Daher erheben sie sich wieder erstaunlich früh aus diesen und treiben sich putzmunter ums Haus herum. Und der bemühte Gastgeber hat sich einen Wecker zu stellen, will er ein gastliches Frühstück bereiten. Dieses Frühstück ist meistens auch nicht mehr, was es einstens war. Viele Gäste, die früher mit Kaffee und Spiegelei, Toast und Himbeermarmelade zu beglücken waren, brauchen heute Pfefferminztee und ein Löfferl voll Honig, ein Schälchen Müsli und ein Schnittlein 7-Korn-Brot. Schnitzel, Schweinsbraten und Steaks sind ebenfalls keine Garanten mehr für Gästezufriedenheit. Kräutersupperl, frittierter Schafkäse und Hirseauflauf, damit kann man die Gäste heutzutage beglücken. Und manchem Menschen, dem man vor zehn Jahren zum Abschied ein Stück Hausgeselchtes mit auf den Weg gab, empfiehlt sich nun, einen Riesenstrauß Schafgarbe oder Johanniskraut, gepflückt auf garantiert ungespritzten Wiesen, zu überreichen. Mir soll es recht sein!

Sauerampfer einfrieren kommt sowieso billiger als Perlhuhnbrüste kaufen. Und dem 7-Korn-Brot merkt man kaum an, ob es frisch oder altbacken ist.

Die wohltuendste Veränderung an denen, die ihre Lebensgewohnheiten grundlegend geändert haben, ist aber die, dass sie vom Gastgeber des Nachts keine Schlafpulver und des Morgens keine Kopfschmerztabletten mehr einfordern. Und Reservezigaretten muss man für sie auch nicht parat haben.

Zwiegespräch mit einem Kuchen

Dass man mit Menschen vernünftig reden und sie gesprächsweise friedlich stimmen kann, weiß jeder. Dass man auch Tieren gut zureden kann, ist auch bekannt. In letzter Zeit ist es auch schon beliebt, mit Pflanzen zu reden, ihnen zu schmeicheln, sie zu loben und dadurch zu üppigem Wachstum zu verleiten.

Ich halte das für möglich! Ich halte das sogar so sehr für möglich, dass ich dazu übergehen werde, mit meinen Kuchen zu reden! Die haben eine Ansprache nämlich noch nötiger als meine Zimmerpflanzen.

Im Backofen benimmt sich »Linseders Nusstorte« auch recht manierlich, geht artig hoch, bräunt sanft und lässt bei der Nadelprobe keinerlei Rückstände auf der Stricknadel zurück. Aus dem Rohr geholt, klebt sie auch nicht an der Backform, sondern lässt sich mühelos stürzen. Aber von diesem Augenblick an verhält sie sich sehr unterschiedlich! Einmal verbleibt sie in ihrer schönen, zylindrischen Form, ein anderes Mal senkt sie sich trichterförmig, und zwar so heftig, dass sie in der Mitte nur mehr zwei Zentimeter hoch ist. Letzteres tut sie immer dann, wenn sie für einen speziellen Anlass bestimmt ist, wenn Gäste kommen, Geburtstag gefeiert werden soll oder irgendeine höhere Festivität angesagt ist.

Die Sache ist die: Ich habe da ein Tortenrezept. Als »Linseders Nusstorte« ist sie im Kochbuch ausgewiesen. 8 Eier, 11 dag Nüsse, 15 dag Zucker und 5 dag Brösel braucht man für die Köstlichkeit und die Zubereitung des Teiges ist einfach. Blitzschnell geht das.

Backe ich sie aber bloß aus Jux und Tollerei, etwa weil mir meine Schwester gerade Nüsse geschenkt hat, denkt sie gar nicht ans Einsinken. So schön wie aus dem Rohr geholt, erkaltet sie auch, bleibt flaumig und zart. Ich habe nicht die geringste Ahnung, warum sie derart infam reagiert. Aber ich werde sie redend überlisten. »Du«, werde ich zu ihr beim nächsten Mal sagen, »wir feiern heute gar nichts! Wir haben keinen Anlass für dich! Fall ruhig in dich zusammen! Damit machst du mir keinen Kummer! Und die Leute, die heute zu uns kommen, die sind ganz versessen auf speckige Torten! Die lieben das sehr!« Ich bin überzeugt, sie wird reagieren wie gewünscht. Aber irgendwie ist es mir peinlich, mit jemandem ein Gespräch anzufangen, den ich kurz vorher mit einer Stricknadel komplett durchbohrt habe. Ob man sich da zu Gesprächsbeginn zuerst einmal entschuldigen muss?

Nur eine Prise vom Alkohol

Männer, die kochen, gehen – genau wie Frauen auch – sehr verschieden an diese Tätigkeit heran. Aber eines haben die meisten männlichen Köche, so Kochen nicht ihr Beruf ist, doch gemein. Sie haben etwas sehr Grüblerisches an sich und nehmen Kochbücher wesentlich ernster, als es den Produkten dieser Literaturgattung zusteht.

Männer sind eben exakte Durchdenker und schreiten mit angebrachter Genauigkeit ans Werk!

Leider sind aber die meisten Kochbücher der männlichen Genauigkeit nicht gewachsen.

Und dann betrachtet der arme Mann, den das Kochbuch eine Zehe Knoblauch zerquetschen hieß, mit gefurchter Stirn eine zerteilte Knoblauchknolle und ist ratlos, weil er da kleine und mittlere und große »Zecherln« erblickt und nicht wissen kann, welches dieser Zecherln vom Kochbuchautor gemeint sein mag.

Ein sehr kluger Mann hat mir auch schon erklärt, dass ich ins Fleischragout nicht vier Esslöffel Wasser tun dürfe, sondern sechs geben müsse, weil das Kochbuch, nach dem ich das Ragout zubereitete, aus dem Jahr 1904 stammt und man damals wesentlich größere Esslöffel benutzt habe. Auch sah ich schon einen Herrn im Lexikon nachschlagen, um die genaue Definition des Wortes »Prise« zu erkunden. Und ein Herr meiner Bekanntschaft schwört auf ein ansonsten ziemlich reizloses Kochbuch, weil darin nie von »fünf Eiern« die Rede ist, sondern exakt von »12 dag Dotter und 12 dag Eiweiß«. Da weiß man, sagt er, woran man ist. In einer Hinsicht allerdings nehmen viele Männer Kochbücher doch nicht sehr ernst.

So sie nämlich nicht gerade Mitglieder eines Abstinenzlerverbandes sind, schütten sie gern und reichlich Alkohol über Fleisch und Gemüse, in Soßen und Eintöpfe, wo kein Kochbuch der Welt dieses vorgesehen hat.

Und Alkohol, der so hochprozentig ist, dass er sich in der heißen Pfanne von selbst entzündet, ist dabei ihr Favorit. Wenn dann das arme Huhn, durch Calvados betäubt und im Weißwein ersoffen, eine etwas makabre Gaumenfreude wird, dann sagt der männliche Koch entrüstet: »Tut mir wirklich leid! Aber wenn da bloß einfach irgendwas von einer Prise steht, dann kann ich doch nicht ahnen, wieviel Majoran ich hineintun soll!«

»Iss schön auf!«

Mein Freund Anton – so heißt er natürlich in Wirklichkeit nicht, aber er wäre mir gram, würde ich hier seinen richtigen Namen ausposaunen – isst nicht nur Unmengen, sondern hat den Tick, »wegputzen« zu müssen.

Gibt man ihm zwei Knödel zum Braten, isst er sie auf. Gibt man ihm drei Knödel, isst er sie auch auf. Höchstwahrscheinlich äße er vier Knödel, setzte man ihm diese Horrormenge vor.

Seine Devise ist: »Es wird gegessen, was auf den Teller kommt!« und: »Nichts darf umkommen!« Sogar der Knochen von anderer Leute Teller bemächtigt er sich und nagt ihnen die allerletzten Fleischfasern ab. Und einmal – ich schwöre, es ist die reine Wahrheit – verputzte er einen kleinen toten Käfer in der irrigen Annahme, es handle sich hier um ein Fuzerl Schokolade. Aber außer der Einsicht, einer Brille zu bedürfen, zog er aus diesem Erlebnis keine Konsequenz.

Rügt man Freund Anton wegen seiner sonderlichen Art, Nahrung aufzunehmen, sagt er: »Das rührt daher, dass ich als Kind immer den Teller leer essen musste. Aß ich nicht auf, war man böse auf mich! Seither gehören Aufessen und Liebgehabtwerden für mich zusammen! Das musst du verstehen!«

Natürlich versteht man das! Sonnenklar wird einem da dieses »Wegputzen«!

Allerdings kenne ich auch einen anderen Anton und der wiederum hat den Tick, immer etwas »überlassen« zu müssen. Gibt man ihm einen Knödel zum Braten, bleibt ein halber am Teller, gibt man ihm nur einen halben, lässt er auch ein, zwei Bissen ungegessen.

»Das kommt davon«, sagt er, »weil ich als Kind immer zum Aufessen gezwungen wurde.« Wo es um die menschliche Psyche geht, scheint zwischen Ursache und Wirkung kein sehr geradliniger Zusammenhang zu bestehen.

Was halten Sie von »Do it yourself«?

2 Kübeln, 1 Kanister, 6 Sackeln …

Angeblich verbringt der umweltbewusste Haushalt mit Sortieren und Entsorgen des Abfalls zweiundvierzig Stunden im Jahr. Das sind pro Woche etwa achtundvierzig Minuten! Ich weiß echt nicht, wie man das in dieser Zeit schafft!

Zweimal die Woche trage ich Altpapier zum Container hinter dem Haustor. Ja, ja, Lift habe ich! Die Wegzeit (inklusive Papier bündeln, Tür auf- und zusperren) beträgt maximal vier Minuten. Aber immer, wenn ich zur roten Tonne komme, ist die bumvoll! Vordergründig freilich nur. Da ist stets ein riesiger Karton drin, den muss ich rausholen und falten. Leicht geht das nicht (sonst hätt' es ja der Karton-Ableger selbst getan), aber mit Zerren und Reißen ist's zu schaffen. Wenn nicht, hilft sportives Draufspringen. Jedenfalls dauert das, laut ureigenem statistischem Erfahrungswert, vier Minuten. Und so verbrauche ich für das Altpapier sechzehn Minuten die Woche.

Halt, falsch! Einmal pro Woche ist im Karton, den ich verkleinere, Styropor. Das gehört nicht ins Papier, das muss eine Umweltbewusste in den Hof zum Restmüll bringen, was wieder vier Minuten dauert. Flaschen machen weniger Mühe; dafür ein schlechtes Gewissen! Da sind die Tonnen an der Ecke, dauert nur sechs Minuten, bis das Glas entsorgt ist. Und das schlechte Gewissen habe ich nicht deshalb, weil zweimal pro Woche zwei Sackeln mit Glasflaschen von Trinkfreudigkeit zeugen, sondern wegen der armen Leute, die im Haus bei den Flaschentonnen wohnen. Denen müssen vom ewigen Glasgeklirre ja die Ohren abfallen! Und zwölf Glasminuten sind es immerhin auch die Woche!

Mühsamer ist die Bio-Tonne. Die ist etliche Quergassen weiter! Könnt' direkt mit der Straßenbahn fahren. Aber im

Sommer ist das nix! Das grüne Bio-Küberl duftet sehr säuerlich! Darum muss ich es auch jeden zweiten Tag ausleeren gehen. Und das macht dreimal die Woche hastige elf Minuten, also dreiunddreißig Minuten! Dann renn' ich noch mit Leuchtstoffröhre und Batterie zum Händler, mit Pillen in die Apotheke, Dosen wie Plastikbecher müssen weg, Restmüll sowieso, jeden zweiten Donnerstag ist im »Grätzl« Lack-Fleckputzmittel-Säuren-Laugen-Annahme, und wenn ich die Sauerei einrechne, die wegzuputzen ist, weil der Trichter tropft, durch den ich Backfett in den Altöl-Kanister fülle, und wenn ich den Altöl-Kanister endlich dorthin fahren würde, wo man bereit ist, ihn mir abzunehmen, dann hätt' ich – so ich nicht auch hin und wieder schuldhaft umweltsündigen tät' – fast eine Halbtagsbeschäftigung!

Alles in Ordnung?

Wenn ein Haushalt reibungslos funktionieren soll, ist eines der obersten Gebote eine »schöne Ordnung«: Der Mensch, der in der Küche werkt, muss sich darauf verlassen können, dass sich seine Arbeitsgeräte exakt dort befinden, wo sie hingehören.

Familienmitglieder aber, die nur hin und wieder in der Küche hantieren, verletzen dieses Gebot latent.

Sie nehmen – zum Beispiel – den einzigen guten Stoppelzieher aus der linken Kredenzlade, öffnen mit ihm ihre Rotweinflasche und stecken ihn – zwischen zwei Kochbüchern – auf das Küchenbord. Ein paar Tage später steht dann der ratlose Haushalter mit einer fest verkorkten Madeiraflasche vor der linken Kredenzlade und flucht und sucht.

Und inzwischen verbrutzelt ihm die Soße, die des Madeiraweins bedurft hätte.

Hübsch ist es auch, wenn man nach dem großen Sieb greift, das immer am zweiten Haken links hängt, und ins Leere greift. Da man seinen Lieben aber die Suppe ohne Knochensplitter servieren will, sucht man die ganze Küche nach dem Sieb ab. Zuerst etwas oberflächlich. Dann detailliert. Das Sieb bleibt verschollen.

Man hilft sich fluchend mit einem Teeseicherl und verschüttet dabei – ungeduldig geworden – zwei Portionen guter Suppe.

Das große, feine Sieb entdeckt man erst am Abend im Badezimmer. Verklebt mit Teeblättern zeugt es davon, dass da jemand einen heilenden oder verschönernden Absud erzeugt hat.

Besonders irritierend auf die Küchenarbeit wirken sich Verwandte und Freunde aus, die zu Besuch sind und uns helfend zur Seite stehen. Diese Leute pflegen nämlich Dinge dort hinzutun, wo sie bei ihnen zu Hause üblicherweise gelagert werden. So meinte ich einmal, nach verzweifelter Suchaktion, mein riesiger Nudeltopf habe sich rätselhafterweise in Luft aufgelöst, und ging einen neuen kaufen. Als ich am nächsten Tag einen Kuchen ins Backrohr schieben wollte, erblickte ich das gesuchte Stück.

Meine Mutter hatte es dort hineingeschoben und fühlte sich ohne Schuld. »Dort gehört er auch hin«, sagte sie mir. »Bei mir steht er seit sechzig Jahren dort! Da ist er nicht im Weg!«

Aber die schrecklichste Heimsuchung sind Leute, die in einer Art von Trance wichtige Dinge in Osterhasenmanier deponieren. Etwa den Kellerschlüssel in der Schachtel mit den Rexglas-Spangen. Hinter solche Tücken kommt man – unter Umständen – erst, wenn man umzieht.

Dann braucht man allerdings den Kellerschlüssel nicht mehr.

Den Hammer im Nähzeug verlegt

Es gibt Familien, in denen wird nie etwas »verlegt«. Keller-, Auto-, Hausschlüssel, jeder hat sein Hakerl und hängt auch daran. Nie passiert es einem Familienmitglied, dass es die Hose samt Führerschein zur Schmutzwäsche tut und dann die Anverwandten zur Führerscheinjagd treibt.

In diesen Familien haben Brillenträger Brillenetuis und für diese Stammplätze. Und in dicken Mappen hat man alle Bescheinigungen, die einem im Laufe des Lebens ausgehändigt wurden. Vom Weckergarantieschein bis zu Opas Sterbeurkunde liegt alles griffbereit. Man sucht weder Schularbeitshefte noch Pässe. Handschuhe hat man nur paarweise, und im Tiefschnee auf ihre Bikinis angesprochen, können die weiblichen Mitglieder dieser Familien mit schlafwandlerischer Sicherheit die Laden nennen, in denen sich diese befinden.

Ich wäre gern Teil so einer Familie, denn tagaus, tagein »Verlegtes« suchen, ist Spitzenstress. Wer schon einmal den Hausschlüssel gesucht hat, um späte, sturmklingelnde Gäste einzulassen, wird das genauso gut verstehen wie der, der mehrmals um Mitternacht Papierberge durchwühlte, um rosa Impfkarten zu finden.

Wer aber nun meint, da müsse man bloß etwas »ordentlicher« sein, versteht nichts vom »Verlegen«. Verlegen ist keine Schlamperei, sondern eine Zwangshandlung! Was sonst könnte mich dazu treiben, den Hammer ins Nähzeug und den Kellerschlüssel unters Esszeug zu tun? Wo doch der Schlüsselhaken an der Eingangstür ist, während ich zehn Schritte tun musste, um den Schlüssel in der Esszeuglade zu verbergen.

Ich hämmerte auch nicht beim Nähkorb, sondern neben

dem Werkzeugkasten. Wie in Trance habe ich also mehrere Räume durchwandelt, um listig den Hammer vor mir selber zu verstecken; was auf eine selbstquälerische Grundstruktur meiner Person schließen lässt.

Eine andere Erklärung gibt es allerdings auch: Menschen, die »verlegen«, denken schrecklich viel, sind in Gedanken immer bei wichtigen, schweren Problemen und so hohen, hehren Dingen, dass banale Kleinigkeiten wie Schlüssel und Hammer nicht in ihr Bewusstsein dringen. Sie hantieren notgedrungen mit diesem profanen Kram, nehmen ihn aber wegen »Gedankenschwere und Vergeistigung« gar nicht wahr.

Diese schöne Mutmachung wird den »Verlegern« beim Suchen zwar keine Hilfe sein, als Trost, immerhin, mag sie angeboten werden.

Lauter tolle Helfer!

Die perfekte Hausfrau kommt ohne perfekten Haushalt nicht aus und zu diesem braucht es arg viel Gerätschaft, welche gottlob im Handel erhältlich ist! Wenn man bereits etliche Jahre nach hausfraulicher Perfektion strebt, sammelt sich da allerhand an. Etwa ein preiswerter Eierkocher! Aber rätselhafterweise war der noch nie in Betrieb! Vielleicht weil nur der Sohn – und der auch nur jeden Sonntag – ein weiches Ei will? Und es sich wegen einem wöchentlichen Ei nicht lohnt, das preiswerte Gerät aus dem Schrank rauszuholen, wo es hinter Stapeln von Töpfen ruht? Ist aber auch egal, denn Eier sind ja – von wegen Cholesterin und Salmonellen – sowieso in Verruf gekommen!

Joghurt allerdings ist nicht in Verruf gekommen, aber der schöne Joghurtbereiter führt das gleiche Ruheleben wie der Eiersieder. Doch da ist der Grund klar: Joghurt ist schneller gekauft als eigenhändig zubereitet, und der Mensch plant Joghurtlust nicht im Voraus!

Ebenso ist es mit dem vierstöckigen Keimgerät. Das hat man – zehn Tage, bevor es liefert – mit Körnern zu füllen und täglich zu gießen. Anscheinend ist familiäre Sehnsucht nach frischen Keimen nicht so groß, dass jemand diese Bemühung auf sich nehmen würde.

Auch das teure Raclette-Dings und das Fondue-Ensemble sind eher ein »Flop«. So schön hat man es sich vorgestellt, Gäste mit Raclette oder Fondue zu bewirten! Soll irre gesellig sein, gemeinsam Käse zu schmelzen oder Fleisch in Fett zu tauchen! Weiß der Teufel, warum man immer wieder Gulasch macht und die edlen Geräte im Kastel lässt!

Die Saftzentrifuge ist wahrlich ein gutes Ding! Aber sie auszuwaschen ist mühsam. Und wenn man nur ein Achterl

Karottensaft will, erspart man sich das und trinkt ihn im Gemüsegeschäft! Nachher kauft man das Faschierte beim Fleischhauer, weil man den elektrischen Fleischwolf ebenso ungern säubert. Und wegen eines Löffels Petersilie wird man nicht den Kräuter-Blitzhacker anpatzen. Und der Elektro-Pommes-Schneider mag nur Erdäpfel in Quaderform und tut sich mit den Rundungen schwer. Bevor man da »nachbessert«, schneidet man gleich per Hand!

Ist schon wahr, man hätte ein paar Küchengeräte besser nicht gekauft! Aber wissen Sie, ich habe da einen kleinen Brotbackofen gesehen! Echt toll! Gemeinsam mit so einer herrlichen Körnermühle wird mich dieser der Küchenperfektion ein Stück näher bringen!

Oder etwa nicht?

Schöne Gedanken bei Stromausfall

Als vorgestern der elektrische Strom wegblieb – in der Gegend, in der ich wohne, fast fünf Stunden lang –, war ich arbeitslos und konnte mir schöne Gedanken machen; Gedanken über die Art, wie unsereiner zu leben pflegt und wie er sich den Apparaten, Maschinen und Geräten der fortschrittlichen Sorte ausgeliefert hat.

Dass ich, wenn es keinen Strom gibt, nicht bügeln kann und nicht staubsaugen, nicht Radio hören und nicht Haare fönen, ist mir schon immer klar gewesen. Dass ich, wenn es keinen Strom gibt, aber noch viel mehr nicht tun kann – nicht einmal die allereinfachsten Sachen, war mir nicht bewusst.

Meinem Broterwerb konnte ich nicht nachgehen, da sowohl meine kleine als auch meine große Schreibmaschine vom E-Netz abhängig sind und keine Handkurbel, auf die man umschalten könnte, besitzen.

Auch Kaffee konnte ich mir keinen kochen, obwohl ich einen Gasherd habe, denn Kaffeebohnen wollen zuerst einmal zerkleinert werden und weder das supermoderne Mahlwerk noch die antike bäuerliche Ziermühle taten mir den kleinen Gefallen.

Und was der Geschirrspüler und die Waschmaschine in Normalzeiten für mich tun, war mir verwehrt, weil die Warmwasseraufbereitung ja lahmgelegt war und außerdem weder Rumpel noch Reibbürste, geschweige denn ein großer Wäschehäfen in meinem Haushalt vorhanden sind.

Sogar die Anfertigung der fürs Nachtmahl geplanten Leberknödelsuppe funktionierte nicht, denn vor ein paar Jahren habe ich hochnäsig die gusseiserne Faschiermaschine samt etlichen Sprudlern und Schneeruten in den Keller verbannt.

Ein Haushalt mit einer tollen Küchenmaschine – habe ich mir damals gesagt – braucht so einen altmodischen Kram nicht! Der nimmt nur Platz weg.

Und das Ausbürsten meiner blauen Jacke war am Mittwoch auch etwas mühsam, denn elektrische Kleiderbürsten haben nur einen fünf Millimeter dünnen Borstensaum; wenn man – ohne Strom – mit so einem Ding herumfummelt, kommt man sich wie ein echter Dodel vor.

Ja – so machte ich mir vorgestern meine Gedanken, während ich ziemlich untätig ausharrte. Aber sehr tief in die Materie konnten meine Gedanken anscheinend nicht eindringen, denn als ich alles exakt bedacht hatte, ging ich in die Küche und wollte mir – zur Beruhigung – ein Glas Karottensaft auspressen.

Was halten Sie von »Do it yourself«?

Es gibt kaum eine handwerkliche Tätigkeit, die man nicht mit Hilfe eines einschlägigen Do-it-yourself-Werkes erlernen könnte.

Vom Lochmusterstricken und Bauerntruhenbemalen über das Dachstuhlzimmern und Kellerausheben bis zur Nerzzucht und zur Kachelofensetzerei halten die Do-it-yourself-Buchverleger rein alles bereit.

Blättert man, in der Buchhandlung stehend, in diesen schönen und reichlich bebilderten Schriften, wird man richtig happy und meint, die gesamte Handwerkswelt stehe einem nun offen.

So ein kombiniertes Möbel etwa, einerseits Haushaltsleiter, anderseits Küchenstuhl, ist doch eigentlich – man erkennt es an den zweiunddreißig bunten Bildern, die seine Herstellung dokumentieren – eine leicht zu bastelnde Angelegenheit.

Und warum man dem konzessionierten Installateur jedes Halbjahr einmal gutes Geld in den Rachen stopfen soll, wenn einem das Büchlein ›Klempnerei – leicht gemacht‹ zur Verfügung steht, ist nicht gut einzusehen.

Die fatale Tücke an diesen »Selbermacher-Büchern« ist aber leider die, dass es gar nicht so einfach ist, einfache Handgriffe in einfachen Sätzen zu beschreiben. Mit »Nippel durch die Lasche ziehen« allein kommt man da nicht durch. Der Do-it-yourself-Neuling hat nämlich oft nicht einmal genug Einfühlungsvermögen in die Materie, um zu wissen, was Nippel und was Lasche ist! Doch dieser Umstand tritt nicht schon in der Buchhandlung zutage, sondern erst beim qualvollen Hantieren am Werkstück.

Solange sich die Selber-Macher-Gelüste auf derart simple

Tätigkeiten wie etwa Bauernrosenmalen beschränken, kann nicht viel Unheil entstehen. Die sinnlosen Ausgaben für Farben, Pinsel und Anleitung sind zu verschmerzen.

Terpentin zum Tilgen des Unheils ist billig! Auch Nähmaschinen, angeschafft nach der Lektüre des Bandes ›Haute Couture, daheim geschneidert‹, werden zum Saumnähen noch ein Leben lang zu gebrauchen sein.

Schade ist nur um alle Rosenstöcke, denen nach »Handbüchern« die Wassertriebe gestutzt wurden. Und jenen Familien, in denen sich ein Familienmitglied mit dem »Franzosen« in der rechten Hand und dem Do-it-yourself-Buch in der linken über den Wasserrohrbruch hermacht, wünsche ich mein allerherzlichstes Beileid!

Gesichtscreme für den Eiskasten-Marder

In längst vergangenen Zeiten hatte jedes bessere Haus eine Speisekammer. Und jede bessere Hausfrau trug, irgendwo am Leibe verborgen, den Schlüssel zu dieser Speisekammer, damit weder Mann noch Dienstmädchen an die nahrhaften Schätze herankonnten.

Unsereiner hat nur mehr in Ausnahmefällen ein Dienstmädchen, und eine Speisekammer – versperrt oder offen – ist in den meisten Haushalten auch eine Rarität. Was unseren Ahnfrauen die Speisekammer war, ist uns der Eisschrank. Versperrbare Eisschränke mag es ja als Spezialanfertigung auf Bestellung irgendwo zu kaufen geben, aber mir ist keine Familie bekannt, die so ein Ding besäße. Obwohl ein versperrbarer Eisschrank des öfteren ein wahrer Segen wäre und tiefe Verstimmungen unter den Familienmitgliedern verhindern könnte.

Trüge die Hausfrau den Eisschrankschlüssel an einem Ketterl um den Bauch, könnte es – zum Beispiel – nicht passieren, dass der Sohn zur Jause und in aller Unschuld die vier Rollmöpse aufisst, die sich der Papa als Traumnachtmahl bestellt hat.

Es könnte auch nicht geschehen, dass eine ratlose Hausfrau knapp nach Ladenschluss verzweifelt und erfolglos den Eiskasten nach dem Becher Sauerrahm durchsucht, um das Kalbsgulasch zu binden, und dann von der Tochter erfahren muss, dass diese den Sauerrahm als nachmittägliche Zusatznahrung verzehrt hat.

»Wie hätte ich denn wissen sollen, dass du den brauchst«, verteidigt sich die Tochter und hat sehr recht damit.

Aber es wäre ja auch irgendwie sonderbar, würde die

Hausfrau Eisschrankgut, das der Familie tabu sein sollte, mit Hinweisen auf diesen Umstand versehen. Das würde erstens Zeit kosten, zweitens viel denkerische Vorsorge und drittens sähe es ziemlich kleinlich aus!

Dringlichst ist so ein Hinweis allerdings dann zu empfehlen, wenn die Hausfrau etwa biologisch reine und daher leicht verderbliche Gesichtscreme im Eisschrank in einem neutralen Töpfchen aufbewahren will.

Wird diese nämlich vom nicht vorgewarnten, aber sehr hungrigen Ehemann auf eine Semmel gestrichen und mit Emmentalerkäse belegt, kann das Folgen haben, die ich gar nicht zu schildern wage.

Wegwerfbuch statt Haushaltsbuch

Eine weit verbreitete Meinung, speziell unter Männern, ist, dass man durch die Führung eines »Haushaltsbuches« viel Geld einsparen könne. Wenn man erst einmal, kugelschreiberblau auf kariert, erblickt, wofür man sein gutes Geld verschleudert hat, sagen die Haushaltsbuchfreunde, merkt man genau, wo Einsparung möglich ist, und handelt danach. Wahrscheinlich ist das wirklich so, aber ich habe es trotzdem noch nie mit so einem Buch probiert, weil ich seit meiner Kindheit Vorurteile gegen häusliche Buchhaltung habe. Als Kind nämlich kannte ich etliche Frauen, die so ein Buch führten, und sie taten es nicht freiwillig, sondern auf Anweisung der Ehemänner. Sie saßen dann einmal die Woche gefurchter Stirn über dem aufgeschlagenen Buch und addierten und verglichen Rechnungen mit Eintragungen und fragten, barsch wie pensionierte Oberlehrer, was denn, um »Buchhalters willen«, dieses ewige »Diverses« heißen solle! Verständlich also, dass sich in mir der Eindruck breitgemacht hat, Haushaltsbücher seien eher Unterlagen zur besseren Kontrolle durch den Familienpatriarchen als Sparhilfen. Außerdem weiß ich eigentlich schon beim Greißler, dass 10 dag original italienische Mortadella mehr kosten als eine Knackwurst; dazu brauche ich keine Buchführung. Und dass der Strumpfhosenverbrauch in meinem Haushalt ein enormer ist, ist mir klar. Doch wer von den drei Strumpfhosenträgerinnen im Hause der Hauptunkostenverbraucher ist, würde mir auch das karierte Buch nicht offenbaren, da wir in Strumpfhosengütergemeinschaft leben. Kurz und gut: Ich mag Haushaltsbücher nicht! Aber ich hätte, wenn es schon um Auflistung zwecks Einsparung gehen soll, einen anderen Vorschlag! Wie wäre es mit einem Wegwerfbüchlein?

In dem stünde dann, zum Beispiel, am Ende dieser Woche: 13 dag Extrawurst (leicht grün), 7 dag Krakauer (dürr), 4 Eiklar (vom Krapfenteig), siebenmal 6 Erdäpfel (geschmalzen), 5 Handvoll Nudeln, 6 Schöpfer Reis, 1 l Milch (sauer), 3 Sardinen, 1 Angorapulli (bei 90 Grad gewaschen), 1 Serviertablett (durch glühheißes Reindl verbrannt). Klarer als durch so ein Wegwerfbuch könnte einem gar nicht werden, wie und wo zu sparen ist. Und bleibt Ihr Wegwerfbuch, geneigte Leserin, leer, dann sind Sie ohnehin eine Sparmeisterin und bedürfen keiner Unterstützung.

Eine richtige Frau

Ich koche oft, ich koche gern, ich koche angeblich recht gut, und da ich seit einem Vierteljahrhundert koche, habe ich auch eine gewisse Fertigkeit in diesem Metier entwickelt. Ich gerate also nicht in Endfertigungspanik, wenn ich vier Gänge auftragen will, und werde weder hektisch noch konfus, wenn ich zehn Personen bewirten muss. Ich beginne nicht einmal zu rotieren, wenn sich statt vier angesagter Gäste acht liebe Esser einstellen, und ich habe schon genießbare Kompromisse auf den Tisch gestellt, wenn offenbar wurde, dass ein Gast mein »Huhn à la Picasso« verschmähen musste, weil er gegen Paradeiser allergisch war und ein zweiter selbige Speise nicht ausstehen konnte. Schwierig wird Kochen dann für mich, wenn ich mit mir längere Zeit allein bin und, der ewigen Butterbrote und Kekse überdrüssig geworden, nach einer gekochten Speise Sehnsucht habe. Ich kann mir nichts kochen! Äußert irgendein Mensch – es muss gar kein geliebter sein – den Wunsch nach Palatschinken, bin ich jederzeit bereit, sie zu erzeugen, und beteuere, dass das wirklich keine Mühe mache und im Nu ganz leicht herzustellen sei. Bin ich mit mir allein, überlege ich, ob ich mir Spiegeleier oder Eierspeise machen soll, und entscheide mich für Spiegeleier, weil ich mir da das Verquirlen erspare; dabei kann ich Spiegeleier nicht leiden!

Dass ich für mich nicht kochen mag, hat wahrscheinlich den Grund, dass ich allein nicht essen kann. Es gehört für mich zu den ganz trostlosen Dingen im Leben, einsam vor einem vollen Teller zu sitzen. Ohne Esspartner starre ich auf das zarteste Filet wie ein Kind, zu dem man gesagt hat: »Du stehst nicht auf, bevor der Teller leer ist«, in den Spinat starrt. Ohne dass ich jemanden frage: »Schmeckt's?«, ohne dass jemand sage: »Herrlich!«, bin ich verloren!

Vor der absoluten Nulldiät schützt mich in solcher Lebenslage nur eine Zeitung. In diese starre ich dann und führe dabei die Gabel zum Mund und kaue und schlucke und nehme nicht wahr, ob ich Filet oder Eier in mich hineinstopfe. Unlängst trug ich meiner Mutter dieses Problem vor und sie sprach: »Na klar! Wer wird sich denn mit sich selber so viel Mühe machen? Eine richtige Frau ist halt keine Egoistin, die auf sich selber schaut!«

Da wurde mir allerhand etwas klarer. Wie wir so – von Generation zu Generation – unser frauliches Pensum erlernen, ist doch deprimierend. Oder?

Speisekammer oder Tiefkühltruhe

Vor vielen, vielen Jahren las ich ›Schau heimwärts, Engel!‹ von Thomas Wolfe und war nicht nur ganz allgemein von diesem Buch beeindruckt, sondern ganz speziell von zwei Buchseiten, auf denen der Autor detailliert eine prächtig gefüllte Speisekammer beschreibt.

Immer wieder, im Laufe der Jahre, weit öfter als an literarisch viel Packenderes, erinnere ich mich an diese Speisekammer; was mich in der Einsicht bestärkt, dass ich ein »Hamstergemüt« habe.

Seit sich zu diesem Gemüt auch ein Haus gesellt hat, habe ich auch eine Speisekammer. Ich liebe sie ungemein, mein zufriedener Blick schweift oft über ihre Regale. Seit ich diese Speisekammer habe, koche ich nicht mehr nach dem Bedarf meines Haushaltes Marillen ein, sondern dem Fassungsraum der »Speis« gemäß. Manchmal kaufe ich auch eine besonders hübsche Dose, obwohl ich kein gesteigertes Interesse an ihrem Inhalt habe. Als Speisekammerzierstück leiste ich sie mir.

Aber die echte Vorratshaltung im 20. Jahrhundert geschieht leider in der Kühltruhe und ich gestehe, so wohlgefällig, wie mein Blick auf den Speisekammerregalen zu ruhen pflegt, ist er noch nie in die Kühltruhe gefallen. Ganz im Gegenteil! Der Kubikmeter steinharte Nahrung, plastikgebeutelt und silbergewickelt, bedrückt mich.

Das Wissen, dass sämtliche vordere Stelzen aller Schweine, die wir gegessen haben, im Truhengrund vor sich hin frösteln, grämt mich ebenso wie das Nichtwissen, ob noch Petersilie und wenn ja: gehackt, ganz, in Alu, in Dose, oben, unten oder rechts oder links, in dem vereisten Ding lagert.

Ja, ja, ich weiß schon, Zetterl anhängen. Pickerl kleben.

Und außen an der Truhe eine Liste, wo man einträgt, was man eingefüllt und entnommen hat. Aber erstens bin ich nicht Truhenalleinbenützer. Und zweitens: Wenn ich meine Tochter zum Abschied mit eisiger Nahrung überhäufe, damit sie – allein lebend – nicht verhungere, drückt mir der Abschiedsschmerz nicht gerade den Stift zum Listenausfüllen in die Hand.

Und drittens hätte ich die Eierschwammerl wirklich nicht beschriften müssen! Eierschwammerlgelb erkenne ich! Auch vereist! Ich konnte doch nicht ahnen, dass ein Unmensch ein Resterl Kaiserschmarren »probehalber« in die Truhe tat. Recht geschieht dem Unmenschen jetzt, dass er im Jägerschnitzel Kaiserschmarrenbröckerl bestaunt. Und überhaupt! Die schönste Truhenordnung befreit mich nicht von den vorderen Stelzen! Auch ohne Liste merke ich, dass meine Kühltruhe langsam zur Schweinshaxlgruft entartet!

Abspülen spielen

Ein Geschirrspüler ist kein Möbelstück, das die neuzeitliche Küche zieren soll, sondern ein Arbeitsgerät, das dem, der es besitzt, lästige Arbeit erspart. Das sieht nach etlichen Jahren der Ablehnung gegen dieses Gerät sogar mein altes Mutterl ein.

Sie hat ihr Argument »Das Zeug braucht zum Waschen doppelt so lang wie ich« aufgegeben und benutzt »des Zeug« mit Leidenschaft.

Energiesparend ist so ein Geschirrspüler angeblich auch. Das hat man uns vorgerechnet! Obwohl man bei dieser Rechnung vergessen hat, die Energie aufzurechnen, die es braucht, dieses Gerät zu erzeugen, zu vertreiben und dafür auch noch Werbung zu machen.

Dem Benutzer jedenfalls spart das gute Stück eine Menge an Energie und Arbeit. So viel Arbeit allerdings, wie es einsparen könnte, spart es in vielen Familien nicht, denn ausgehend von dem sehr richtigen Grundsatz, dass nur ein wirklich voll gefüllter Geschirrspüler effizient genutzt wird, hantieren viele Leute – ich auch – ungefähr so:

Man eilt mit einer schmutzigen Tasse und einem ebensolchen Teller zum Geschirrspüler und merkt, dass in den Körben kein Platz mehr für Tasse und Teller ist. Dann überblickt man die Lage genauer und sieht gewisse Möglichkeiten! Man dreht einen Häferlhenkel, schiebt ein Glas einen Zentimeter nach, wechselt hierauf den Standort von drei Teetassen, gruppiert noch zwei Kompottschüsserl um und ein Milchkanderl und hat damit Platz für die Tasse geschaffen. Hierauf betreibt man das gleiche Spiel in der unteren Etage der Maschine und hat nach allerlei Umräumen schließlich auch für den Teller ein Platzerl frei.

Stolz klappt man dann den Geschirrspüler zu und verdrängt den einsichtigen Gedanken, dass man in der Zeit, die man aufs Umarrangieren des Spülerinhalts verbraucht hat, leicht ein ganzes Kaffeeservice händisch hätte waschen und trocknen können.

Aber das ist schon in Ordnung!

Ein Mensch ist schließlich keine Maschine! Er hat – gottlob – auch als Erwachsener noch einen gewissen Spieltrieb. Und irgendwo und irgendwann im grauen Arbeitsalltag muss er diesen Hang zum Spielen ja befriedigen. Und eine Tassen umgruppierende Hausfrau wirkt noch allemal seriöser als eine, die mit Legosteinen spielt.

Bügel-Gedanken

In einem Fernseh-Interview mit Patricia Highsmith hörte ich die berühmte Schriftstellerin sagen, dass sie die Tätigkeit des Bügelns mit großem Genusse ausübe, weil sie bei dieser stur gleitenden Beschäftigung schöne und für ihr literarisches Schaffen brauchbare Gedanken fassen könne. Potzeiderdaus!

Da kam ich mir wieder einmal kleinkariert wie ein Pepitakittel und schäbig wie ein Secondhand-Trenchcoat vor! Da sieht man eben, wie sich wirklich große Literaten von einer Person wie mir, die ihre kleine Schriftstellerei mühselig vor sich hin kurbelt, unterscheiden.

Mache ich mich ans Bügeln, betrachte ich zuerst einmal grämig den überquellenden Wäschekorb und fluche in mich hinein. Nichts literarisch Verwertbares fluche ich, sondern in etwa: »Diese irren Weiber! Müssen sie sich denn dreimal am Tag umziehen? Man könnt' ja meinen, das wär' die Wäscherei von einem Mädchenpensionat!«

Dann konzentrieren sich meine Gedanken ganz auf Frottee! Listig hole ich Handtücher, Waschlappen und Badetücher aus dem Wäscheberg. Diese Dinger zu bügeln baut mich auf. Das macht nicht viel Mühe und der Wäscheberg schrumpft rapide und die Stöße auf dem Tisch gewinnen an Reputation!

Hierauf ziehe ich Socken aus dem Wäschehaufen. Und wieder sind meine Gedanken nur auf Socken gerichtet; Hochstimmung überflutet mich, wenn ich zu jedem Socken einen Partner finde. Getrübt wird das Erfolgserlebnis allerdings dadurch, dass etliche Sockensohlen unschön verfärbt schillern. Grün die roten, rot die grünen, gelb die weißen. Worauf ich mir Gedanken über die Farbechtheit von Schuhleder mache und herausfinde, dass die Höhe des Schuhpreises auf diese keineswegs einen Einfluss haben kann.

Beim Bettwäschebügeln dann denke ich an meine Großmutter und ihren Wäschekasten mit den wunderschönen, gleichmäßigen, noch durch Bänder verzierten Wäschestapeln. »Sorry, Oma«, murmle ich schuldbewusst, falte die Leintücher, lasse das Eisen übers Achtfachlinnen gleiten und erzeuge einen Stapel Leintücher, dem meine Oma den Aufenthalt in ihrem Kasten entschieden verwehrt hätte. Die Herrenhemden hebe ich mir bis ganz zum Schluss auf. Zu

denen brauche ich am längsten. Vielleicht sollte ich an ihnen das Fassen von schönen literarischen Gedanken erlernen. Zutrauen würde ich mir das schon! Aber ob mein Mann bereit ist, querplissierte Hemdbrüste anzunehmen?

Entrümpelst du mich, entrümple ich dich

»Man muss entrümpeln«, sprach der Mann, mit dem ich den Haushalt teile, und schaute auf den Zwetschkenkrampus, der bei uns dort steht, wo bessere Leute eine beleuchtete Gondel haben. »Okay«, murmelte ich, nahm den Zwetschkernen vom Fernseher und tat ihn in den Mistkübel.

»Und was ist mit dem?« Der Partner fixierte einen Osterhasen. Ich lehnte ab. So lange ist Ostern noch nicht her, dass Hasen keine Lebensberechtigung mehr hätten. »Und dieses?« Angewidert stupste der Partner an ein Gurkenglas, in welchem dürre Artischocken stecken. »Die sind schön!« rief ich. »Die sind staubig«, rief er.

Diese Behauptung war nicht zu widerlegen, da die Artischocken, erschüttert vom Stups, nicht nur feinen Staub, sondern auch hartes Laub und flaumige Gebilde abgaben, die sanft im Raume umherschwebten.

Ein Mensch, dem nach Entrümpeln ist, gibt nicht so leicht auf. Nach meiner Weigerung, mich von den Artischocken zu trennen, musste ich meine Zigarettenkisteln verteidigen und die Olivenöldose. Wenn ich, bitte schön, aus dem Anblick einer uralten, leeren Dose ästhetischen Genuss ziehe, hat diese Dose eine echte Funktion auf meinem Nachtkasterl.

»Aber die Schneiderpuppe!« sagte mein Partner. Ich gab zu, dass selbige keine echte Funktion habe, da ich keine 48er-Rundbaufigur, Jahrgang 1907, besitze. Ich gab auch zu, dass das Monstrum gebrechlich ist. Aber ich mag es! Es wieder in den Keller, aus dem ich es geholt habe, zu tragen, ist mir unmöglich.

So unmöglich wie das Wegwerfen der Schachteln mit den

alten 6000-Teile-Puzzles. »Schenk sie jemandem!« riet der Partner. »Geht nicht«, sprach ich, »da fehlen überall Steine!« Da nahm mein Partner wortlos den Hut und entfernte sich.

Und ich wandere jetzt herum, lasse mein Auge schweifen und liste auf: Sechsunddreißig alte Batterien, ein Stoß gebrauchter Kalender, ein Spiel Karten ohne Herz-As, eine Lade voll Stoppeln, vier Einzelhandschuhe, ein Kubikmeter Zeitungen, fünf Westen ohne Anzug dazu, zwei nie gerauchte Pfeifen und ein brauner Koffer Marke »Russland-Heimkehrer«.

Ich bin gewappnet auf des Partners Wiederkehr! Entrümpelst du mich, entrümple ich dich! Und des Ausganges dieser Aktion gewiss, hole ich mir den Zwetschkernen wieder aus dem Mistkübel.

Wenn schon nicht, denn schon nicht! Und gar so lange, schließlich, dauert es bis zum nächsten Nikolotag auch nicht mehr.

Wenn eine Kredenz die Farbe wechselt

Manchmal wird man vom bösen Schwein geritten. Wider die glasklare Vernunft tut man etwas, wofür man sich hinterher verflucht. An meiner Kredenz wurde mir das zur Gewissheit.

Vor Jahren habe ich sie beim Tandler für fünfzig Schilling erstanden. Sie war allerliebst altmodisch und allerscheußlichst hundsbraun. Also nahm ich roten Lack und färbte sie. Dann las ich, dass allzu viel Rot aggressiv macht. Da meine Aggressionen, wenn ich damals in der Küche werkte, keine geringen waren, nahm ich hoffnungsfroh blaue Farbe und strich damit das liebe Kredenzerl.

Dann verging etliche Zeit, in der mir klar wurde, dass die sanfte, blaue Kredenz mit den grünen Sesseln nicht harmonierte. Eine dicke Schicht Irisch-Moos matt brachte die Kredenz in Einklang mit den Sesseln.

Vor ein paar Wochen nun sah ich in einem noblen Stadtgeschäft eine Kredenz, meiner aufs Haar gleich, bloß ganz ohne Lack, edel-natur, und zu einem Preis, der mir das Blut in den Adern stocken ließ. Da fing mich das böse Schwein zu reiten an! Und gab keinen Frieden, bis ich zwei Dosen Abbeizmittel kaufte.

Nach den ersten zwei Abbeizvorgängen war die Kredenz wieder blau, nach dem vierten Abschaben war sie rot und nach dem siebenten Kratzen war sie in dem Zustand, in dem ich sie erstanden hatte. Aber dies war nicht ihr Urzustand. Vor mir hatte sie auch einem üppigen Streicher gehört, nur war der auf alle Töne des Erdigen versessen gewesen. Die Mengen von braunem Gatsch, die ich nun im Laufe vieler Tage und Nächte mit Hilfe von Spachteln, Messern, Glasscherben und Rasierklingen von der Kredenz schabte, sind auch annähernd nicht zu schildern. Und was ich hinterher mit Sandpapier aller Körnungen, Lauge und Bimsstein vollbrachte, soll unerwähnt bleiben.

Nun hocke ich mit roten, brennenden Augen da. Und meine Hände schauen aus, als hätte ich Handschuhe aus Eidechsenleder an. Anscheinend bin ich gegen Abbeizmittel oder Sandpapier oder Lackstaub allergisch. Doch die Kredenz ist jetzt echt antik-natur und ich könnte mich herrlich an ihr ergötzen, wenn da nicht das untere, linke Türl wäre! Das hat, wie bei alten Türln üblich, eine Füllung. Aber die ist leider nicht alt, die ist aus Faserplatte-Marmordekor. Nur, wer kann schon unter acht Lagen Lack solche Gemeinheiten erahnen?

PS: Und jetzt greint auch noch einer aus dem Badezimmer! Wer den schönen Bimsstein so versaut hat, will der wissen. Als Hausfrau hat man wirklich keinen Dank!

Haushaltsschnecken leben länger

Manchen Leuten geht die Haushaltsarbeit leicht und blitzschnell von der Hand. Die meisten Haushalter befleißigen sich eines durchschnittlichen Arbeitstempos, und dann gibt es noch die Gruppe von Haushalt führenden Personen, die im Schneckentempo vor sich hin- und herwerkelt. Ich, die ich mich zur mittleren, zur Gruppe mit dem durchschnittlichen Tempo zähle, bewundere die Haushalts-Stachanowisten enorm, denn trotz vieler Versuche habe ich es nicht erlernt, das Zwiebelhäuptel so schnell wie der Fernsehkoch in allerkleinste, allerregelmäßigste Würfelchen zu zerlegen.

Und meiner lieben Mutter lockerer Ausspruch: »Eine Biskuitroulade ist praktisch, die hat man in zwölf Minuten fertig!« verfolgt mich höhnend bei jeder Biskuitrouladenerzeugung – gut eine halbe Stunde lang.

Nicht minder bestaune ich aber die Haushaltsschnecken! Als solche bezeichne ich nicht die Personen, die die Arbeit in kurzen Abständen unterbrechen, um sich der Zeitungslektüre, einem Telefongespräch, einer Tasse Kaffee oder sonst einer ansprechenden Beschäftigung zu widmen, denn das sind einfach Leute, die sich das Leben so angenehm wie möglich machen; und das ist eine Haltung, die Respekt verdient. Haushaltsschnecken sind Personen, die andauernd haushälterisch tätig sind und trotzdem nichts weiterbringen. Die Zeit, in der die Stachanowisten ein Kilo Erdäpfel von der Schale befreien und die Durchschnittlichen ein halbes Kilo, verbringen sie seufzend mit einer Knolle. Und Biskuitrouladen können sie überhaupt nicht erzeugen, weil diese warm aufgerollt werden müssen. »Das geht ja gar nicht«, sagte mir eine Schnecke kopfschüttelnd, »während man die Marmelade aufstreicht, wird das Biskuit doch kalt!« Die

Blitzschnellen und die Durchschnittlichen machen sich gern lustig über die Schnecken in ihrem Bekanntenkreis. Das sollten sie nicht!

Ich habe unlängst mit meiner Mutter – die über fast ein dreiviertel Jahrhundert Erinnerung verfügt – dieses Thema abgehandelt und dabei haben wir herausgefunden, dass alle Schnecken, denen meine Mutter begegnete, ein ungemein hohes Alter erreicht haben oder noch am Leben sind, während die Stachanowisten oft nicht einmal das Pensionsalter erreicht haben. Daher: Ein bisschen mehr Zeitlupe, ihr hurtigen Damen!

Zeugnistag!

Nicht genügend! Sonst keine Sorgen?

Gestern kurvte ich mit vollem Gitterwagen durch den Supermarkt. Vor mir schob eine Dame ihr Wägelchen des Weges, an einem Regalende kam ihr ein Gitterwagen samt Dame in die Quere.

»Na, wie geht es?« fragte die aus der Querrichtung Herbeigerollte mit so viel echtem Mitgefühl in der Stimme, dass ich mir als Antwort nur »Danke, schlecht« vorstellen konnte.

Die Angesprochene erfüllte meine Erwartens-Haltung und sprach mit umflorter Mollstimme: »Ach Gott, ich mag gar nimmer darüber reden! Ich hab' schon soviel geweint und meine Nerven ruiniert und mich abgemartert!«

Dann folgte ein langer Seufzer aus allertiefsten Seelengründen und die Erkenntnis: »Aber man muss sich halt abfinden, irgendwie muss es weitergehen!«

Da meine Neugier, wenn es angebracht ist, stets mit echtem Mitgefühl einhergeht, überkam mich dieses, und da es mir an Alltagsphantasie, Sektor: Unglück, auch nicht mangelt, sah ich die langsam vor mir hinrollende Dame als trostlose Witwe oder Mutter eines verunglückten Kindes oder Ehefrau eines inhaftierten Mannes.

Doch dann sprach die von mir mit soviel Mitgefühl bedachte Dame zur anderen Dame: »Na, und Sie? Sie haben ja das gleiche Leid!«

Während die, die das gleiche Leid hatte, nun ebenfalls mit gramgebeugter Stimme von »dreinschicken müssen« und »Nervenkraft« und »Kummer ertragen« sprach, fragte ich mich: Was kann das für ein harter Schicksalsschlag sein, den zwei gut miteinander bekannte Frauen zur selben Zeit erdulden müssen?

Knapp vor der Kassa, zwischen dem Bier und dem Mineralwasser, wurde meine Neugier endlich befriedigt, denn da wurde die eine Dame konkret, indem sie sagte: »Aber der Ihre hat ihn wenigstens in Latein und das haben sie ja erst ein Jahr, das lässt sich nachlernen! Der meine hat ihn in Mathematik!«

Je ein Sohn mit je einem Fünfer waren also die harten Schicksalsschläge, denen ich mein Mitgefühl hinterhergejagt hatte!

Es gibt hierzulande doch noch wirklich glückliche Frauen; denn von echtem Unglück verschont müssen die beiden Damen ihr Lebtag lang geblieben sein, wenn ihnen ein Fünfer – und nicht einmal ein eigener – solchen Kummer bereiten kann.

Wenn das Glück der Familie von Noten abhängt

Unlängst traf ich eine Bekannte, die ich schon etliche Monate lang nicht mehr gesehen hatte. Sie wirkte vergrämt und kummervoll. Ich fragte nach.

»Ach«, erklärte sie mir, »um diese Zeit herum geht es mir nie besser! Ich hasse den Juni schon richtig!«

Mein Erstaunen war groß, legte sich aber bald, denn die Dame fuhr fort: »Jedes Jahr dieses Zittern, ob er in Mathematik durchkommt, und dann kommt er doch nicht durch! Ein richtiges Nervenbündel bin ich schon. Sogar das Rauchen habe ich mir wieder angewöhnt. Und mein Mann hat Schlafstörungen!«

Der Knabe, der für die Schlafstörungen seines Vaters und den Suchtrückfall seiner Mutter und die triste Familienstimmung verantwortlich zeichnet, heißt Michi und ist vierzehn Jahre alt.

Die letzte Mathematikschularbeit, von der es abhing, ob er eine Nachprüfung bekommt, hat er »verhaut«. Drei Punkte zu wenig, klagt mir die Mama, hat er zuwege gebracht.

Aber weil er falsch ausgerechnet hat, welchen Betrag man zu fünf Prozent anlegen muss, damit er in sechs Jahren auf fünfzehntausend Schilling anwächst, ist es wieder ein »Nicht genügend« geworden.

»Und dabei haben wir gerade das so geübt«, sagt die Mama und zündet sich mit flattrigen Fingern eine Zigarette an. »Dass er die Parabeln nicht schaffen wird, war mir ja klar! Aber bei der Zinseszinsrechnung hab' ich fest gerechnet, dass er die Punkte kassiert! Ich versteh' das nicht!«

Die Mami vom Michi seufzte, drückte die eben angezündete Zigarette im Aschenbecher aus und fragte mich: »Können Sie sich erklären, wieso ein Kind, das nicht dumm ist, auch nicht faul ist, immer wieder versagt?«

Jawohl, das kann ich ziemlich leicht erklären! Ich war als Kind keine üble Rechnerin, und soweit ich mich entsinne, hatte ich gerade mit Zinseszinsrechnungen nie Probleme.

Hätte ich aber als Kind gewusst, dass vom richtigen Ergebnis einer Rechnung in meinem Schularbeitsheft das gesamte Familienglück und der ganze Familienfrieden abhängen, hätte ich sicher sogar das kleine Einmaleins vergessen und den »Abzinsungsfaktor« ganz gewiss.

Unter dem Stress kann kein Kind eine ordentliche Leistung erbringen.

Zeugnistag!

Die »Zeugnisangst« ist leider immer noch nicht ausgerottet, obwohl es absurd ist, dass Kinder vor dem »Zeugnistag« zittern. An dem Tag erfahren sie ja nichts Neues. Ihre Eltern auch nicht. Da kriegen Eltern wie Kinder nur schwarz auf weiß (also eher tintenblau auf blassgrün), was sie seit Wochen wissen.

Es gibt keinen Schüler, der nicht wüsste, welche Noten ihm der Klassenvorstand ins Zeugnis eintragen wird! Eltern sind von der Schule auch informiert, so ihre Kinder ein »Nicht genügend« zu erwarten haben.

Eltern könnten von Kindern höchstens – aber nur, wenn sie den Sprechtag geschwänzt haben – in diesem oder jenem Gegenstand ein »Gut« statt einem »Befriedigend«, ein »Befriedigend« statt einem »Genügend« in Aussicht gestellt worden sein. Doch solch kleine, gemogelte Notendifferenz kann kaum Anlass sein, dass Kinder in Panik geraten, ausreißen, Selbstmordgedanken haben und ein paar von ihnen diese Gedanken zur schrecklichen Tat werden lassen.

Angst vor dem »großen Krach« und der »fürchterlichen Strafe«, das »Sich-nicht-mehr-heim-Trauen«, wäre eher für den Tag zu erwarten, an dem der Brief von der Schule kommt. Oder für den Tag, wo die Eltern beim Klassenvorstand vorsprechen und ihnen spätestens hier klar wird, dass ihr Kind die Klasse wiederholen muss oder eine Nachprüfung kriegt.

Was bewirkt also die sogenannte »Kurzschlusshandlung« von den Kindern am Zeugnistag, wenn »alles längst gelaufen« ist, wenn – so es die Eltern schon für nötig befanden – Krach und Strafe erledigt sein müssten? Es kann nur daran liegen, dass viele Kinder völlig verunsichert sind, dass sie sich mit ihren Eltern nicht auskennen, dass sie nicht wissen, wann die wie reagieren, was deren Unmut hervorruft, wovon er ausgelöst wird, ob väterliche Wut beim Anblick des »grünen Wischs« wieder entflammt, vielleicht doppelt so arg! Ob es bei den Ohrfeigen vom Tag, an dem der Brief kam, bleibt? Oder ob erst am letzten Schultag »abgerechnet« wird?

Es gibt leider nicht wenige Eltern, die meinen, es diene der Erziehung, Kinder gehörig »zittern« zu lassen, nach dem Motto: »Schad't nix, wenn s' Angst haben, spuren s' besser!« Möge denen, die so erziehen, erspart bleiben, in den nächsten Tagen das Foto ihres Kindes in einer Zeitung zu sehen und darunter den rührenden Text: »Komm bitte heim! Du hast keinerlei Strafe zu erwarten!«

»Alle in der Klasse haben es ...«

Wenn ich als Kind, um einem Wunsch mehr Nachdruck zu verleihen, meiner Mutter sagte: »Alle in der Klasse haben es!«, lächelte meine Mutter und sprach mild: »Geh, geh, übertreib net!«

Schwächte ich meine Behauptung ab und zählte auf, wer tatsächlich schon im Besitz der ersehnten Sache war, sagte meine Mutter: »Schau net immer nach denen, die alles haben! Schau auch auf die, die gar nix haben!«

Gern hörte ich das nicht, aber irgendwie sah ich es ein. Es war ja auch ein ehrlich-schlichter Standpunkt, der da hieß: Ich biete den Kindern, was meinen Verhältnissen entspricht und noch ein bisschen darüber hinaus. Mehr ist nicht von mir zu erwarten!

Heutigen Müttern fehlt häufig diese gelassene Einstellung. Meldet der Nachwuchs, dass der Pultnachbar 48 Filzstifte besitzt, rennt die Mama los und kauft seufzend auch so eine unhandliche Blechschachtel. Schickt die Neunziger-Jahre-Mama ihr Kind zu einer Geburtstagsparty, kauft sie kein Mitbringsel, das ihrem Einkommen entspricht, sondern eines, das dem Einkommen der Familie des Geburtstagskindes angemessen erscheint.

Es gibt sogar Eltern, die einen Kredit für eine Schiausrüstung aufnehmen, obwohl ihr Kind nicht gern Schi läuft, die Sachen bloß sieben Schikurstage lang trägt und ein Jahr später dem Zeug entwachsen ist.

»Er soll nicht zurückstehen müssen«, damit werden solche Ankäufe erklärt.

Das ist aber ein Standpunkt, der auf lange Sicht nicht durchzuhalten ist. Statussymbole kleinerer Kinder kann der Durchschnittsverdiener ja gerade noch anschaffen, wenn er

selber auf etliches verzichtet. Die Statussymbole der wohlhabenden Jugendlichen jedoch kann er seinem Nachwuchs nicht bieten. Für eine Honda, einen Armani-Mantel, einen New-York-Flug und eine Garçonnière reicht ein Kleinkredit nicht.

Daher ist es sinnlos, vor Kindern die Einkommensverhältnisse zu verschleiern, so lange es nur geht. Die ökonomische Familienlage ist einem Kind von Anfang an zuzumuten. Mit sechs Jahren lernt man leichter, dass man zu denen gehört, die nur zwölf Filzstifte haben, als mit sechzehn, dass man nicht zu denen gehört, die zum Geburtstag ein Moped bekommen.

Ich plädiere damit nicht für Einübung in Bescheidenheit und Anpassung. Ob sich die Kinder »dreinfinden« oder sich gegen die ungerechte Verteilung der irdischen Güter empören, ist ihre Sache. Aber sie haben ein Recht auf klare Sicht der Verhältnisse.

Die Bescheidenheit der Mütter

In vielen Familien gibt es ein Problem, das früher kaum auftrat. Kinder weigern sich – oft von einem Tag auf den ändern –, die »höhere Schule« weiter zu besuchen. Das tun nicht nur Schüler mit schlechten Noten, bei denen dieses Verhalten leicht zu begreifen wäre. Auch Jugendliche mit gutem Schulerfolg erklären immer öfter: »Keinen Tag länger bringt ihr mich in diesen Tempel!« Dann fragt man in der Schule nach, »ob es etwas gegeben habe«, aber da sind keine disziplinären Schwierigkeiten, da ist kein Lehrer, mit dem das Kind auf speziellem Kriegsfuß stünde, auch bei den Mitschülern ist es nicht so unbeliebt, dass man da einen Grund für die Schulablehnung sehen könnte.

Was aber noch schlimmer ist: Der junge Mensch kann nicht sagen, was er denn lieber möchte als Schule! Er hat kein Berufsziel, für das eine andere Art von Ausbildung nötig wäre. Grundtenor des Jugendlichen in dieser Situation: Ich weiß nicht, was ich will, ich weiß nur, was ich nicht will! Das Argument, dann sei es besser, in der Schule zu bleiben, bis er wisse, was er wolle, zieht nicht. Kein Argument zieht. Je mehr der verwirrte, streikende Schüler mit Argumenten bombardiert wird, umso panischer und verzweifelter reagiert er.

Rezepte zur Behandlung von Schulverweigerern gibt es nicht. Aber Ruhe bewahren und Gelassenheit zeigen, könnte ein Ratschlag sein. Und nicht so tun, als sei die elterliche Enttäuschung nun perfekt, als gehe das Leben nicht weiter, als habe man einen Versager und Tunichtgut großgezogen. Ein ratloser junger Mensch braucht Hilfe, und wenn wir ihm die nicht geben können, weil wir nicht verstehen, wo sein wirkliches Problem liegt, dann können wir wenigstens versuchen, ihn nicht in bockende, trotzende Isolation zu treiben.

Wir müssen schauen, dass ihm »Hintertürln« offen bleiben, dass der Schritt von der Schule weg, so er als falsch eingesehen wird, wieder revidiert werden kann. Manchmal, ich weiß es aus Erfahrung, genügt schon ein zweiwöchiger gemogelter Krankenstand, um eine Siebzehnjährige hinterher wieder grämig, aber doch, zum Schulgang zu bewegen.

Sagen Sie nicht, das sei bloß ein »Aufschub« und ändere die Lage nicht. Viermal aufgeschoben ist schon halb maturiert! Man wird sehr bescheiden als Mutter in diesen Zeiten!

Morgenelend vor dem Badezimmer

Eine Mutter berichtete mir, dass ihr Sohn in letzter Zeit von dem, was die Schule zu bieten hat, nicht angetan war und ihr fernbleiben wollte.

Als Taferlklassler – ohne die raffinierten Schwänzermöglichkeiten der reiferen Jugend – verfiel er auf die verzweifelte Idee, gleich nach dem Erwachen aufs Klo zu gehen, um sich dort einzuschließen. Weder freundliches Locken noch wildes Pochen, noch Drohungen konnten ihn zum Verlassen des Örtchens bewegen. Er rief bloß: »Ich bin noch nicht fertig!« Ein Psychologe riet zur Geduld. Man müsse, sagte er, den Grund des Schulunwillens erforschen; dann werde sich der Klotick von selber geben.

Die Mutter wäre zu dieser geduldigen Methode bereit gewesen, hätte der Knirps nicht das Klo als Zuflucht gewählt. Aber in diesem Haushalt gibt es auch noch einenVater und zwei Töchter! Herzzerreißende, nervenzermürbende Szenen spielten sich jeden Morgen vor dem Klo ab. Der Vater, ansonsten liberaler Erzieher, ließ sich zu Morddrohungen hinreißen und die Schwestern waren willens, diese ohne Skrupel auszuführen. Es gab einen Trick, das Kind aus dem Klo zu locken! Die Mutter rief: »Dreiviertel acht! Wir müssen gehen!« Dann imitierten alle hastige Schritte und Aufbruch. Man riss die Wohnungstür auf, schlug sie wieder zu, schlich leise zum Klo und wartete mit angehaltenem Atem, bis der getäuschte Knabe die Tür öffnete. Dann entriss man ihm die Tür, stieß ihn ins raue Leben hinaus und stritt nun untereinander, wer in größerer »Not« und in welcher Reihenfolge das Örtchen nun zu benutzen sei.

Eine Woche währte dieser unwürdige Zustand, dann beendete ihn die Mutter durch Abschrauben des Türriegels.

Diese Geschichte, so sonderlich sie ist, ist aber nur die Zuspitzung eines Morgenzustands, der in allen Familien von einiger Größe auftritt. Es gibt ja nicht nur verzweifelte Knirpse, sondern auch hartleibige Dauerhocker und Kloleser und Bauchwehkranke. Und wenn der Lokus nicht Ursache des Morgenelends ist, ist es das Bad.

Schon eine Tochter, die das hygienische Recht wahrnimmt, zu duschen, Wimmerl auszudrücken und sie unter perfektem Make-up zu verdecken, bringt alle andern in Morgenpanik. An das schreckliche Los derer, denen satanische Bauherren das Klo ins Bad gebaut haben, will ich gar nicht denken! Warum es in Wohnungen für größere Familien nicht schon längst zwei Klos gibt und im Bad mehrere Waschbecken, ist rätselhaft, denn für alle Architekten ist das eine Selbstverständlichkeit! – Zumindest in ihren eigenen Wohnungen.

Eine Zeile die Mama, eine Zeile das Bubi

Hausübungen zu erledigen ist für die meisten Schulanfänger eine lästige Sache.

Und die Ansichten über das Maß an Richtigkeit, Vollständigkeit und Gefälligkeit dieser Arbeitsleistung sind in Taferlklasslerkreisen auch sehr verschieden.

Für berufstätige Mütter wird dieses Problem nicht zu einem enorm gravierenden. Natürlich schimpfen sie, wenn sie schlampige Hausübungshefte sehen, natürlich reden sie dem Kind gut zu, die Sache ernster und aufmerksamer zu tun, aber verantwortlich für die Taferlklasslerhefte fühlen sie sich nicht.

Anders geht es in der Regel der Hausfrau. Sie neigt dazu, des Kindes Hausübungen in ihren Verantwortungsbereich einzubeziehen, und will sie genauso sauber und adrett erledigt wissen wie alle andere anfallende Arbeit. Manche Hausfrauen haben ja nur reizende Kinder, die nach dem Mittagessen und einer kleinen Ruhepause brav Händchen waschen und dann ihr Hefterl aufschlagen und im Nu etwas hineinschreiben, was die Frau Lehrerin mit vielen Sternderln belohnen wird.

Etliche Mütter haben auch Knirpse, die beim Aufgabeschreiben in Tränen ausbrechen, weil ein i-Punkt nicht exakt über dem i steht.

Das ist zwar etwas lästig, aber getröstet und aufgerichtet kann so ein Mini-Ehrgeizling doch ziemlich leicht werden. Die Mehrzahl der Hausfrauen jedoch hat Schulanfänger, die vergessen haben, was »auf ist«, oder nach zwei geschriebenen Zeilen den Stift wegschleudern oder nach jeder zweistelligen Zahl Wasser trinken wollen oder plötzlich vorgeben, nicht zu wissen, wieviel eins und eins sein könnte. Das treibt viele Hausfrauen nun vorschnell in Panik. Nicht nur, dass sie sich beratend und drängend zum Kind setzen, dass sie diktieren, bei anderen Müttern nach der Aufgabe anfragen, sie verfertigen auch eigenhändig die »Zierleisten« und üben sich in Kinderschriftfälschungen, nach dem Motto: Eine Zeile die Mama, eine Zeile das Bubi! Der unerwünschte Erfolg stellt sich bald ein. Spätestens um Weihnachten herum kommt der Taferlklassler gelassen von der Schule heim und spricht: »Mama, heute hast du zehn Sätze auf!«

Kinder, auch die, die keine Aufgaben schreiben mögen, haben es halt so an sich, in aller Unschuld die Wahrheit zu sagen.

»Sei ruhig, geh spielen, Schatz!«

Kinder, das weiß doch jeder, haben ein paar kleine Pflichten – wie Schulgang und Mistkübel ausleeren – zu erfüllen, ansonsten aber verbringen sie ihren Wachzustand spielend. Dieser kindlichen Tätigkeit gehen sie mit enorm viel Phantasie nach. Ein Stück Holz nehmen sie als Tragflügelboot und ein Waschbecken als Ozean, ein Bündel alter Socken wiegen sie als ihr Baby, ein aufgeklapptes Bilderbuch ist ihnen der Semmeringtunnel und manchmal führen sie ganz allein mit sich selbst ein dreiaktiges Vier-Personen-Stück auf. Und ganz versunken sind die lieben Kleinen in ihre phantasievollen Spiele! So ist das doch, oder? Es muss so sein, denn ich habe das schon sehr oft irgendwo gelesen und auch von vielen Leuten gehört, dass sie solche Kinder gewesen seien. Schaue ich mich allerdings in der Bekanntschaft um, muss ich das schöne Bild vom versunkenen Spielkind bezweifeln. »Geh doch spielen, Schatzi«, ist ein flehender Muttersatz, den man oft hört, und genauso oft kann man hören: »Er hat Berge von Spielsachen, aber er spielt nicht. Dauernd ist ihm fad. Er wartet nur, bis im Fernsehen das Kinderprogramm anfängt!«

Es stimmt! Viele Kinder können nicht mehr spielen. Sie können ihre Unterhaltung nicht aktiv gestalten, sondern warten darauf, unterhalten zu werden.

Woher sie das wohl haben, die lieben Kleinen? Vielleicht gar vom lieben Papi und der lieben Mami, die ihre Freizeit so arg kreativ vor dem Fernseher zubringen und für das liebe Kind eine Gute-Nacht-Geschichten-Platte gekauft haben, um den Anfang des Hauptabendprogramms in Ruhe und Frieden konsumieren zu können?

Eine Verkäuferin in einem Spielzeuggeschäft erklärte mir:

»Die Eltern suchen gern Spielwaren aus, mit denen sich ein Kind allein beschäftigen kann. Bietet man ihnen Gesellschaftsspiele an, haben sie gleich Angst, dass sie dann mitspielen müssten!«

Spielen scheint für viele Eltern so viel wie »ruhigstellen« zu bedeuten. Kein Wunder, dass die Kinder das bestreiken!

Schlechter Umgang

Mütter, die für ihre Kinder immer nur »das Beste« wollen, neigen dazu, dieses Streben auch auf den Sektor »Kinderfreundschaften« auszudehnen. Schon im Kindergarten entdecken sie ein reizendes Buberl oder Mäderl, das ganz prächtig zu ihrem Liebling passen würde. Bloß der Liebling sieht das nicht ein und tut sich mit einem sonderbaren Kerl zusammen, der absichtlich schielt, Bääh macht und Rotzrammeln isst. Nicht einmal sorgfältig arrangierte Kinderfeste, wo die Mama dem Liebling alle wirklich netten und lieben Kinder einlädt, das Beste vom Besten sozusagen, können den Liebling bekehren. Er hält zu seinem Bääh-Sager und sammelt sogar für ihn in einer Zündholzschachtel Nasenrammeln! Und so geht das weiter. Volksschule, Turnverein, Gymnasium, Tanzschule, Sommer- und Winterurlaub, nie sucht sich der Liebling Freunde, die seiner Mama gefallen. Lauter Fürchterlinge schließt er in sein Herz! Und die, das merkt die Mama doch, haben einen üblen Einfluss auf ihn. Andauernd verleiten sie ihn!

Zum Fußballspielen statt zum Lernen, zum Schuleschwänzen, zum Kaugummiklauen, zum Schundlesen. Und zum frühreifen Treiben mit dem anderen Geschlecht natürlich auch! Von allein nämlich wäre der Liebling nie, aber schon gar nie, auf solche Sachen gekommen! Und da hilft nichts! Auch wenn man den Klassenvorstand bittet, er möge den Liebling von diesem »Abschaum« wegsetzen. Zäh und unbeirrbar hält der Liebling, auch über sieben Bankreihen hinweg, zum »Abschaum«. Allen Müttern, die dieses Problem zu haben meinen, sei gesagt:

Der gräßliche Freund des Lieblings, dieser »Abschaum«, hat auch eine Mutter und es ist ganz leicht möglich, dass sich die auch die Haare rauft und über das grässliche Kind, den »Abschaum« klagt, den sich ihr Liebling zum Freund genommen hat.

Es kann sogar sein, dass diese Frau bereits einen Tag vor Ihnen beim Klassenvorstand war und gebeten hat, ihrem Sohn einen anderen Platz zuzuweisen, auf dass er nicht mehr unter »schlechtem Einfluss« stehe. Natürlich hat diese Frau damit nicht recht! Wo wird sie denn! Ist ja klar! Aber die Sache einmal so zu betrachten, könnte für Mamas, die Schwierigkeiten mit den Freunden ihrer Kinder haben, doch ein kleiner Denkanstoß sein.

Müttersorgen in den Ferien

Um diese Jahreszeit gibt es hierzulande eine Menge Mütter, die täglich voll der guten Hoffnung des Briefträgers harren und dann tief enttäuscht allerhand Reklamematerial durchschauen und bekümmert murmeln: »Warum schreibt er (sie) denn noch immer nicht?«

Mütter wollen immer wissen, wie es ihren Kindern geht. Haben sich die Kinder von ihnen entfernt, wollen sie es besonders dringend wissen. Das ist zu verstehen. Man macht sich schließlich Sorgen! Züge können entgleisen, in Heimen grassieren gern Infektionen, auch Heimweh ist eine schreckliche Krankheit.

Und wenn dem Buben keiner sagt, dass er die nasse Hose ausziehen muss, dann hat er doch gleich den Schnupfen! Und wenn auf das Mädel keiner richtig aufpasst, dann verliert sie doch alles, Geld und Regenmantel, guten Mut und Zuversicht!

Der Sohn der Frau X., der kleine Depp, hat in London eine Schallplatte gestohlen. Das hat Folgen gehabt, die kann man sich gar nicht vorstellen! Die arme brieflose Mutter durchzuckt ein eiskalter Blitz und sie denkt: »Vielleicht sitzt meiner auch schon auf einer Polizeistation!« Wäre heute endlich ein Brief von dem Kerl gekommen, wüsste die arme Mama wenigstens, dass es dem Sohn vorgestern noch gut gegangen ist. Dann wäre ihr schon ein wenig leichter.

»Zwei Zeilen wenigstens«, klagt die arme Mama dem Papa, »könnten wir ihm doch wert sein!« Und der Papa tut dann auf Optimist und so, als wäre es ganz ausgeschlossen, dass einem Kind in der Urlaubsferne etwas zustoßen könnte, und er spricht den Beschwichtigungssatz: »Aber geh, wenn das wär', hätt' man uns doch verständigt!« Ganz glaubt das die Mama nicht, aber Trost ist das doch ein bisschen. Eine Mutter kenne ich allerdings, die hat keinen Briefkummer mit ihrem Sohn. Die Frau sorgt aber auch vor! Fährt der Sohn – zum Beispiel – nach England, besorgt sie sich englische Briefmarken, klebt sie auf Postkarten, versieht diese mit ihrer Adresse und dem Satz: Es geht mir gut/schlecht. Eins der letzten zwei Worte durchzustreichen und die Karte in den Postkasten zu werfen, schafft das Kind!

Kindern kann man nichts vormachen

»Großes Mutterleid« zum Beruf gemacht

Eine weibliche Person, die ich seit langem kenne und manchmal, meistens beim Einkaufen, treffe, beschwert sich gern und ausführlich bei mir über ihre Kinder. Sie hat zwei Stück, eines männlich, eines weiblich, beide in den besten Aufzuchtsjahren, sogenannte »Teens«.

Seit Jahren, immer wenn wir aufeinander stoßen, erklärt mir diese Person, wie sehr sie unter ihrem Nachwuchs leide, weil der nur bei unerhört lauter Musik lebe.

Sie jammert: »Kaum sind sie bei der Tür reingekommen, drehen sie das Radio an! Dass es auch einen Knopf zum Abdrehen hat, wissen sie gar nicht! Und die ewigen CDs! Und der verdammte Recorder! Es ist einfach nicht auszuhalten. Ins eine Ohr säuselt mir der Disco-Sound, ins andere zischt mir der Hardrock und die Bässe wummern mir auf die Brust, als ob ich Herzflattern hätte!«

Wenn mir die Person ihren Gram vorträgt, fühle ich mit ihr, denn auch ich habe sensible Ohren, die den musikalischen Alltagswohnheiten der Menschen, mit denen ich hause, oft nicht gewachsen sind, und weiß, wie höllisch einem zumute wird, wenn man im Schnittpunkt von drei üppig fließenden Musikquellen hockt und tiefe Gedanken fassen soll.

Heute traf ich die weibliche Person wieder. Am Markt, bei einem Standl, befingerte sie Salat auf die Festigkeit ihrer Herzen hin, und auf meine Frage, wie es denn so gehe, seufzte sie gequält und legte dann los: Nicht auszuhalten sei es mit dem Nachwuchs und der Musik! So was von Irrsinn und nervtötendem Wahnsinn sei familienzerstörend!

Weil ich immer detailliert wissen will, an was meine Mitmenschen leiden, fragte ich: »Spielen die Ihren jetzt auch dauernd diese verdammte blümchenblaue New wave, dieses einfallslose Gedudel?«

Da rief die weibliche Person empört: »Woher soll ich denn das wissen? Sie haben doch diese entsetzlichen Dinger auf der Brust und über den Ohren! Zugestoppelt und unansprechbar gehen sie durch die Wohnung. Sogar aufs Klo gehen sie damit! Zum Wahnsinnigwerden ist das! Verboten gehörten diese Walk-Männer!«

Daraus lässt sich eigentlich nur eines schließen: Eine gewisse Sorte von Müttern hat das Unter-Kindern-Leiden zu ihrer Lieblingsbeschäftigung erklärt. Man leidet unter lauten Kindern – und werden die Kinder leise, leidet man eben unter leisen Kindern. Wer das »große Mutterleid« zu einem Beruf gemacht hat, findet immer Arbeit.

Achtung, Miterzieher!

Es gibt eine Menschensorte, vor der ich – solange ich noch kleine Töchter hatte – panikartig flüchtete. Ich meine die »Miterzieher«. Da ich mit keinem Vertreter der Sorte näheren Kontakt hatte, weiß ich nicht, ob das kinderlose Leute sind, die irgendwo ihren Bedarf an Erziehung austoben, oder ob es sich da um Eltern handelt, die eigene Kinder so perfekt erzogen haben, dass sie meinen, hilflosen Mamas und Papas mit ihrem Erziehungstalent beistehen zu müssen. Wahrscheinlich sind beide Varianten möglich und, wie ich feststelle, noch immer nicht ausgestorben.

Da ist die Dame, die bei der Sandkiste steht und ein fremdes Kind rügt: »Pfuipfui, net geizig sein! Gib dem Mädi brav dein Schauferl!«

Da ist der Herr, der mit dem Zeigefinger vor den nassen Augen eines kleinen Buben wackelt und mahnt: »Aber, aber, ein Bub weint nicht!«

Gibt auch das Ehepaar, das einem Knirps tadelnd auf den prallen Popo tapscht und ruft: »Bist sicher bald drei Jahr und hast noch eine Windel? Schäm di!«

Andere Miterzieher wenden sich nicht an das Kind, sondern an die Begleitperson. Meistens, wenn das Kind seinen eigenen Willen durchsetzen will, was – wie man weiß – mit Gebrüll verbunden ist. Da wird üblicherweise angeraten, dem Kind doch endlich eine Watschen zu geben.

Aber Miterzieher reden nicht nur, sie handeln auch. Da sitzt etwa ein Kind friedlich neben der Mama in der Straßenbahn, schleckt an einem Lolli. Dem Kind gegenüber sitzt eine Frau, lächelt dem Kind zu, grapscht nach dem Lolli, entwindet der Kinderfaust das Lolli-Stangerl und ruft schelmisch: »Mir g'hört's!«

Das war dann eine Lektion in »Teilen lernen«, und wenn das Kind zu plärren anfängt, kriegt es seinen Lolli eh zurück!

Unlängst sah ich eben beschriebenen Vorfall wieder einmal. Bloß reagierte das Kind nicht mit Gebrüll, es saß bloß still da und schaute die Frau an.

»Du bist aber brav«, sagte die mit Honigstimme. »Schenkst mir den Lolli!«

Das Kind nickte.

»Nein, nein, kannst ihn eh wieder haben!« sagte die Frau und hielt dem Kind den Lolli hin. Das Kind schüttelte den Kopf und verbarg die Hände hinter dem Rücken. Die Frau wollte der Kindsmutter den Lolli überreichen, aber die lehnte auch ab, hob ihren Nachwuchs hoch und strebte dem Ausgang zu.

Die Frau saß da, mit dem tropfenden, klebrigen Lolli in der Hand, und in mir wuchs die Hoffnung, dass da ein Miterzieher »umerzogen« worden ist.

Über Kinder und Brutalität

Unter der Überschrift »Horrorvideos kein Problem« las ich unlängst in einer psychologischen Zeitschrift eine Nachricht, die dazu angetan ist, Eltern mit Videogeräten zu beruhigen.

Die Nachricht kommt aus Oxford. Dort hat man fünftausend britische Kinder zwischen sechs und zwölf Jahren auf ihre »Sehgewohnheiten« hin untersucht und ist zu dem Schluss gekommen, dass diese Kinder sehr wohl in der Lage seien, Schein und Realität auseinander zu halten, dass sie nicht geschockt seien, wenn auf dem Bildschirm brutale Morde stattfinden, dass es ihnen aber nahe gehe, wenn sie beobachten müssen, dass jemand auf der Straße zusammengeschlagen wird.

Die Oxforder Psychologen haben festgestellt: »... Es ist ein Unsinn zu glauben, dass Kinder die in Filmen gezeigte Gewalt nachahmen. Sie finden sie einfach lustig und sie macht ihnen keine Angst ...«

Das ist ja wirklich fein! Da können ja nun die Herren und Damen Eltern aufatmen. Jetzt kann der Papa seine entliehenen Horrorvideos ruhig herumliegen lassen und muss sie nicht mehr in den »Giftschrank« sperren.

Und was für Videofilme gilt, gilt ja wohl auch für Kinofilme und das normale Fernsehprogramm!

Was war es doch bis jetzt lästig und unerfreulich, andauernd mit den lieben Kleinen hadern zu müssen, weil die lieben Kleinen am Mitternachtskrimi teilhaben wollten, und die lieben Eltern in ihrem Unverstand meinten, dies verhindern zu müssen! Ist aber erst einmal die neue Oxford-Studie so richtig ins Erziehergemüt eingedrungen, werden die lieben Kleinen endlich ihren Spaß haben können!

Mag ja sein, dass der Mama und der Oma beim Anblick vom Stahlbohrer, der in ein Menschenhirn getrieben wird, das große Kotzen kommt, aber unsere lieben Kleinen sind eben eine andere Generation, die finden das »einfach lustig«.

Die werden dann der Oma oder der Mama das Handerl halten und zuflüstern: »Schau lieber weg, wenn du Angst kriegst, sonst träumst du schlecht!«

Und dann führen die lieben Kleinen die zitternde Mama ins Bett und decken sie zu und flüstern: »Ist doch alles nur Schein, ist doch nicht Realität.« Und die Mama schläft ein und hat einen Albtraum. Doch in dem erscheint ihr nicht der Mann mit dem Bohrer, sondern eine Horde Kinder, die sich über Brutalität einfach totlacht.

Ganz anders als meine Mutter

Was wollen liebende Mütter ihren Töchtern nie antun? Natürlich das, worunter sie selbst als Kinder besonders gelitten haben!

Diesen Vorsatz hat auch Frau X. Die wurde von ihrer Mutter immer »runtergemacht«. Rein gar nichts hat ihr die Mutter zugetraut, dauernd hat sie ihr andere Kinder »vorgehalten«; dass sie sich an denen ein Beispiel nehmen soll! Zum »Versager« wurde sie gestempelt. Ewig hat sie gehört: »Dafür bist du zu ungeschickt, mit deinen zwei Linken!« Und: »Das Gymnasium schlag dir aus dem Kopf, das schaffst du nicht!« Angeblich wurde ihr sogar gesagt, dass sie wenig Charme habe und mit äußeren Vorzügen nicht gesegnet sei.

Ob es wirklich so gewesen ist, wer kann es wissen? Frau X. jedenfalls hat es so empfunden und sich dadurch minderwertig gefühlt und keinerlei Selbstbewusstsein entwickeln können. Und schon als Kind hat sie sich geschworen, es dereinst besser zu machen!

Nun hat Frau X. seit 15 Jahren eine Tochter und hält sich daran. Von klein auf hat sie ihre Tochter nie »runtergemacht«, immer »aufgebaut«. Stets hat die Tochter zu hören bekommen, dass sie hochintelligent sei, tüchtig, bildhübsch, geschickt, charmant und … und … und …

Frau X. ist perfekt darin, ihrer Tochter alles zuzutrauen. Ist die Tochter verzagt, sagt sie ihr lachend: »Aber klar kannst du das! So ein tolles Mädel wie du! Wär' doch gelacht!«

Und was sagt die Tochter? Die beklagt sich bitter. Sie fühlt sich von einer Mutter, die ihr »alles« zutraut, überfordert.

Sie sagt, dass sie die Erwartungen, die ihre Mutter in sie setzt, nie erfüllen könne. Die seien viel zu hoch! Dadurch fühle sie sich minderwertig und könne kein Selbstbewusstsein entwickeln.

Da führt also konträres mütterliches Verhalten zum gleichen negativen Ergebnis?

Schaut nur auf den ersten Blick so aus. Näher betrachtet führt sich Mama X. ja genau so auf wie seinerzeit ihre Mutter, nämlich total »bestimmend und vereinnahmend«. Insofern, als sie es ihrer Tochter nicht gestattet, selbst herauszufinden und zu entscheiden, was sie kann und was nicht, wo ihre Vorzüge und ihre Mängel liegen, kurz: Wer sie ist!

Zu viel Lob kann genauso die Luft abdrücken wie zu viel Tadel. Will es Frau X. wirklich anders als ihre Mutter machen, müsste sie zuerst einmal lernen, sich taktvoll zurückzuhalten und Kommentare, Urteile und Zuspruch nur dann loszulassen, wenn sie darum gebeten wird.

Kindern kann man nichts vormachen

Eltern, das weiß jeder, sollen ihre Kinder nicht nur anleiten und ermahnen und ihnen theoretisch darlegen, wie man anständig und ehrenwert zu leben hat, sie sollen ihnen als gutes Beispiel Sitte, Anstand und Moral vorleben.

Die meisten Eltern sind auch sehr überzeugt davon, dass sie dies wirklich tun und ein Leben führen, das ihren Kindern als Vorbild dienen kann.

Hört man sich allerdings in Kinderkreisen ein bisschen um, erfährt man allerhand, was diese schöne Erwachsenenmeinung nur allzu rasch als trügerische Selbstgerechtigkeit entlarvt.

Total naiv und unschuldig sagt mir da etwa ein fünfjähriger Knirps: »Am Sonntag kostet die Zeitung nur zehn Groschen, aber ganz ohne Geld darf man sie nicht nehmen, weil die anderen sehen müssen, dass man etwas reinwirft!«

Ein gleichaltriges Mädchen teilt mir strahlend mit: »Meine Tante mögen wir nicht, aber wir müssen lieb zu ihr sein, weil sie uns immer Geld borgt!«

Von Kindern kann man auch hören, dass der Papa eine Freundin hat, dass die Mama den Opa nicht im Altersheim besuchen mag, dass der Papa die Mama nicht mehr liebhat, weil sie soviel schimpft, und dass es nicht schön von der Oma ist, auf Urlaub nach Mallorca zu fliegen, weil der Papa das Geld für die Autoreparatur brauchen könnte.

So ziemlich alles, was mies und billig ist, kann man von manchen Kindern hören, wenn sie aus ihrer »Eltern-Schule« plaudern.

Da ich nicht nur diese Kinder, sondern auch deren Eltern kenne, weiß ich, dass diese Eltern vor ihren Kindern nie über 10-Groschen-Zeitungen, Altersheim-Opas, Omas Urlaubspläne und über Erbtanten reden. Sie streiten auch nicht vor den Kindern.

Aber Kinder hören eben auch, was im Nebenzimmer gesprochen wird, sie wissen erstaunlicherweise sogar um elterliche Mitternachtsgespräche Bescheid und spüren allerhand, was nie ausgesprochen wurde.

Kindern kann man einfach nichts vormachen:

Das »Rechte« reden und das »Falsche« tun, bringt nichts, außer der kindlichen Erkenntnis, dass die Eltern neben etlichen anderen Charakterfehlern auch noch die Untugend der Verlogenheit an sich haben.

Wie ausgewechselt!

Es ist erstaunlich, wie oft Mütter erzählen, dass Sohn oder Tochter »plötzlich wie ausgewechselt« sei. Diese »Auswechslung« fand stets vom Positiven zum Negativen statt und immer ist ein böser Mensch daran schuld, dem das Kind »total verfiel«.

Da ist die Mutter, die eine einsichtige, liebenswert-liebenswürdige Tochter hatte, bis dieser Kerl kam! Kaum währte die Beziehung drei Wochen, war die Tochter »wie ausgewechselt«, hörte nur mehr auf den Kerl, war keinem Argument zugänglich und warf der Mutter Worte an den Kopf, die ihr früher nie über die Lippen gekommen wären! Und da ist die Mutter, die einen Prachtsohn hatte, bis er diese Frau traf, »wie ausgewechselt« war, auszog und den Kontakt zur Mutter abbrach.

Hört man solche Geschichten, denkt man: Sollte das so sein, müssten diese Kinder diabolischen Verführern auf den Leim gegangen sein! Aber derartige Typen sind rar, die gibt es seltener als solche Geschichten. So hurtig ändert sich niemand; selbst wenn es da jemanden gibt, der das Kind gegen die Mutter »aufhetzt«. War das Verhältnis zwischen Mutter und Kind gut, mag es sich durch Konflikt trüben, aber sich nicht von einer Seite in Abneigung oder gar Hass wandeln. »Wie ausgewechselt« erscheinen Menschen nur, wenn man sie durch die rosarote Brille sah und dann gezwungen ist, die Brille abzunehmen. Man hatte Illusionen, die müsste man aufgeben. Weil Mütter sich aber vom idealen Bild, das sie von ihrem Kind haben, schwer trennen, suchen sie jemanden, auf den die Schuld zu schieben ist. Ist ja unmöglich, dass man sein Kind falsch gesehen hat! Nein, nein, die böse Frau, der böse Mann haben es »ausgewechselt«! Und falls Sohn oder Tochter der Mutter dann im Streit vorhält: »Du liebst mich nicht …«, mag daran ein Hauch Wahrheit sein. Denn geliebt wurde da nicht ein Kind, wie es ist, samt allen negativen Eigenschaften, sondern das »edle Bild«, das man von ihm gemalt hat.

Da hilft nur: Tief Luft holen, sich das Bild vornehmen und alle verschönernden Retuschen, die man im Laufe der Jahre angebracht hat, tilgen. Das Bild, das man dann erhält, mag weniger schön sein, aber nach dem ersten Schreck auch liebenswert. Die meisten Kinder werden es der Mutter danken, und der Versöhnung ist der Weg bereitet. Zu hoffen, dass das Kind Einsehen habe und sich wieder ins »edle Bild« füge, das man gern von ihm hätte, bringt jedenfalls gar nichts!

Ehepaar mit Kleinkind geht essen

Manchmal geht ein Ehepaar mit Kleinkind essen. Dieser Ausgang wird selten ein Vergnügen, denn die Anstrengungen, die man unternimmt, um ein Kind »lokalfähig« zu halten, sind enorm.

Ich sah Eltern, die zu keinem warmen Bissen kamen, weil sie unentwegt ein Saftglas vor dem Kippen bewahren mussten. Irgendwann kippte es doch, nässte Tisch und Kind und brachte, nach Trockenlegung beider, Konfliktstoff: Ob neuer Saft bestellt wird! Die Entscheidung liegt beim Kind. Quengelt es leise, bleibt das Glas leer. Brüllt es laut, kommt neuer Saft; denn Eltern werden in Lokalen kaum erziehlich. Anderes Ungemach bringt der Kindertrieb, »Selbermachen« zu wollen. Essen mit Ketchup garnieren etwa. Davon können Knirpse so angetan sein, dass sie mit dem »Selbermachen« erst enden, wenn alle Nahrung unter roter Soße verborgen ist. Dann wollen sie neue Nahrung. Um an ihr den Senfspender zu erproben.

Größere Kinder lieben Salzstreuer, Zahnstocher und Bierdeckel. Sie bauen daraus Häuser, legen Gärten an und der Streuer wohnt darin. Dumm ist nur, dass sie die Bierdeckelhäuser so hoch planen. Die stürzen dann ein und ein Deckel klatscht in Papas Suppe. Und manche Ober mögen es nicht, wenn sich Kinder von allen anderen Tischen die Zahnstocher holen!

Auf das Nachtischeis aber freut sich jedes Kind. Leider kommt es dann in einem hohen Glas, schlagobersverziert, soßeunterzogen. Das Kind nimmt den Löffel und sticht ins Hochgetürmte. Die Köstlichkeit rinnt glasabwärts in die Untertasse. Das Kind löffelt aus der Untertasse, verzieht das Gesicht und spuckt.

Bis zur Küche ist die Bitte, den »Coup Rio« ohne Rum zu servieren, halt nicht gedrungen! Die Mutter verspricht dem Kind ein Stanitzeleis für später und der Vater ruft seufzend nach der Rechnung.

Zu Hause geloben Vater und Mutter fernerhin Abstinenz von derartigen Unvergnügen und träumen davon, dass kinderfreundliche Wirte außer einem »Rotkäppchen-Steak« noch anderes zu bieten hätten: Stühle diverser Höhen, Esswerkzeug für Kinderfinger, Babybecher, die nicht kippen, und als Wichtigstes – aber das kann kein Wirt beschaffen: An den anderen Tischen sollten Leute sitzen, die durch Blicke und Worte Verständnis zum Ausdruck brächten! Darum – namens vieler Eltern – folgende Bitte: Wenn Sie wo essen und am Nebentisch quält sich ein Paar mit Kind durchs Menü, lächeln Sie ihm zu! Spenden Sie noch ein paar Bierdeckel! Sagen Sie, auch wenn es gemogelt ist, dass Sie sich nicht inkommodiert fühlen! Tiefster Dank wird Ihnen sicher sein.

Familienharmonie – um welchen Preis?

Der alte, aus k. u. k. Zeiten stammende Ausdruck »Beschwichtigungshofrat« kommt ja schön langsam in Vergessenheit, da unsere republikanischen Hofräte in diesem Metier kaum mehr unterwegs zu sein scheinen. Dafür hat aber fast jede funktionierende Familie ein Mitglied, das – ganz ohne Ernennung zum Hofrat – in Beschwichtigung macht. Üblicherweise ist das die Mutter, manchmal agiert in einer Familie auch der Vater als Beschwichtigungshofrat.

Wie ein Familienmitglied in diese Position kommt, ist später schwer zu eruieren, sicher ist aber, dass sich diese Leute als die wahren Familienerhalter sehen und meinen, ohne ihre vermittelnde, beschwichtigende Tätigkeit wäre die Familie zerstritten, wenn nicht gar zerfallen.

Und sicher ist auch, dass diese Leute ein starkes Machtgefühl haben, denn sie haben ja alle Fäden der Familienfehden in den Händen.

Hat, zum Beispiel, der Sohn unerlaubterweise Papas Wagen genommen und diesem einen Kotflügel verbeult, wendet er sich in der Familie mit Beschwichtigungshofrätin mit seinem Geständnis nicht an den betroffenen Papa, sondern an die Mama und die sagt: »Ich bring's dem Papa schon bei!« Was sie dann auch tut.

Und sie tut es so beredt, sensibel und einfühlsam, dass der Papa dem Sohn hinterher bloß zumurmelt: »Schwamm drüber!« Worauf die Mama erleichtert seufzt und stolz denkt: »Wieder ein Tag ohne Streit vorbei: Wieder 24 Stunden auf dem Familienpulverfass ohne Explosion überstanden!«

Aber nicht nur zwischen Papa und Sohn vermittelt die Mama. Ein ganzes Netz von zwischenmenschlichen Beziehungen überwacht sie, und merkt sie, dass wo ein Faden im

Netz stärker gespannt ist als der Familienharmonie zuträglich, greift sie mit hofrätlicher Diplomatie ein. Selig, wer so einen Hofrat in der Familie hat? Mag sein, mag sein! Aber andererseits wäre es vielleicht der Beziehung zwischen Vater und Sohn etwa gar nicht so abträglich, könnten die zwei endlich einmal ihre Konflikte selbst austragen.

Und vielleicht bekäme auch die Beschwichtigungshofrätin ein ganz neues, ungeahnt schönes Lebensgefühl, wenn sie einmal nicht eingreift und sich sagt: Was geht's mich an! Sollen sich die beiden doch endlich einmal zusammenstreiten!

Kindersorgen mit der Oma

Immer häufiger lese ich in den Kleininseratenspalten: »Wir suchen liebe Omi für unsere lieben Kinder ...« Das klingt sehr nett! Unausgefüllte, aber rüstige ältere Dame und unbeaufsichtigte Kinder ergeben zusammen eine rundherum glückliche Einheit und die Kindeseltern, leider nicht mit einer hauseigenen Oma gesegnet, können aufatmen. Wie ich aber aus Kreisen, wo hauseigene Omas ihre Enkel erziehen, erfahren muss, läuft das nicht immer so rundherum glücklich ab.

Mütter, die ihre Kinder der Oma anvertraut haben, und Omas, die den Nachwuchs ihrer Kinder hüten, haben miteinander oft arge Probleme.

Die »erziehende Oma« hat nämlich in der Familie meistens eine »erzieherische Vormachtstellung«, denn eine junge Frau, die sowohl den Haushalt als auch die Kinder der Oma werktags »zu treuen Händen« überlässt, muss die Art, in der die Oma erzieht, wohl oder übel hinnehmen. Omas sind ja keine bezahlten Kindermädchen, denen man detaillierte Anweisung geben kann.

Und dass Omas meinen, am besten zu wissen, was Kindern gut tut, ist ja nicht selten. Es ist nicht einmal selten, dass sie es wirklich besser wissen.

Häufig ist nur, dass die Mutter der Kinder anderer Ansicht ist und dass in vielen Familien, wo die Oma »das Regiment« führt, allerhand an Wut und Bitterkeit, Verstimmung und Gram leise vor sich hin köchelt.

Wenn die Oma etwa meint, ein Bub habe nicht zu weinen und nicht mit Puppen zu spielen, wenn sie dafür ist, dass »der Größere immer nachgibt« und dass nur Mäderln im Haushalt helfen sollen, meint die Oma dies ja ehrlichen

Herzens und ist verbittert, wenn die Tochter Kritik übt. Und die Tochter ist verbittert, dass sie zuschauen muss, wie ihre Kinder in einer Art und Weise gelenkt und geleitet werden, die sie für schlecht hält.

Für die Oma ist aber die Kritik doppelt hart, denn die Tochter kritisiert, wenn sie der Oma Umgang mit den Enkeln falsch findet, ja auch ihre eigene Erziehung. Die Oma hört also nicht nur, was sie jetzt falsch macht, sondern auch, was sie vor einem Vierteljahrhundert falsch gemacht hat.

So einfach, dass mit einer »Oma im Haus« alle Probleme gelöst sind, ist die Sache nicht; manche Probleme fangen damit erst an.

Vaterlose Kaiserschnittkinder

Manchmal betrachte ich verwirrt meinen Nachwuchs und möcht' am liebsten stammeln: »Ihr Braven, danke, dass aus euch was geworden ist, obwohl ich so sehr gegen alles verstieß, was euch frühkindlich not tat!« Denn wahrlich, das tat ich!

Schuldlos zwar, aber das konnten die Babys ja nicht wissen. Ich weiß es schließlich auch erst, seit ich in den letzten Jahren allerhand Einschlägiges gelesen, gehört und gesehen habe.

Ich habe meine Kinder nicht »sanft« geboren, sie lagen nach der Geburt nicht auf meinem Bauch und ihr Vater war nicht anwesend.

Eine Schwester wusch, wickelte und zeigte sie mir kurz, dann kamen sie ins Säuglingszimmer.

»Rooming in« war damals ein unbekannter Ausdruck und Väter an Geburtswehen zu beteiligen ein absurder Gedanke.

Einmal allerdings hatte ich davon gelesen. Bei Heming way. Da hält ein Indianer den Geburtsschmerz seiner Frau nicht aus und erhängt sich.

Es war damals also nicht bloß so, dass mir eine uneinsichtige Obrigkeit die Anwesenheit meines Partners verweigerte, ich hatte damals einfach kein »feeling« dafür, dass er hergehören würde; nicht nur wegen der von Hemingway angedrohten Folgen, sondern vor allem, weil man mir beigebracht hatte, dass eine Frau, so sie erotisch begehrt werden will, vor einem Mann nicht zu schwitzen, zu röcheln und zu stöhnen hat. Schön blöd, aber so war's halt! Und das ausgiebige Stillen, das zum guten Start ins Leben gehört, das haute auch nicht hin! Nach ein paar fruchtlosen Versuchen sagte die Schwester: »Es kriegt die Flasche und wir stillen Sie ab!« Ich stimmte ohne Skrupel zu.

Wahrscheinlich hätten mir Skrupel und Einwände bei den damaligen Zuständen auf Entbindungsstationen zu Krankenkassabedingungen aber auch nicht geholfen. Ein echtes Wunder also, dass mein Nachwuchs doch noch ganz passabel geworden ist!

PS: Obiges ist nicht geschrieben, um über neue, sehr richtige und sehr humane Erkenntnisse herzuziehen und sie lächerlich zu machen, sondern um den ungeheuren Leistungsdruck zu mildern, unter dem etliche der »neuen Eltern« stehen, wenn sie die »neuen Regeln« nicht befolgen können. Auch vaterlose Kaiserschnittkinder ohne Mutterbrust haben enorme Chancen auf ein glückliches Leben!

Kinderfasching

In der Faschingszeit freue ich mich immer, dass meine Kinder schon erwachsen sind und ihre Freizeitgestaltung nicht mehr meines Rates und meiner Hilfe bedarf. Ich muss keinen Kinderfasching mehr durchstehen! Kinderfasching ist nämlich eine harte Sache.

Jedes halbwegs beliebte Kind kommt um diese Zeit mit elterlichen Einladungen an, bei denen es verkleidet – natürlich jedes Mal anders – erscheinen will. Einmal als Dornröschen, einmal als Astronaut, einmal als Miss Piggy und einmal als Harlekin.

Also übersät die Mutter einmal ein Nachthemd mit rosa Rosen, endelt einmal Rhomben aneinander, werkt einmal mit Alufolie und zerbricht sich einmal den Kopf, wie man ein Wimper-Klimper-Schwein richtig gestaltet.

Noch schwieriger ist es, der kugelrunden Tochter die Idee mit der »Waldelfe« auszureden. Dazu gehört viel sensibler Takt! Und kommt dann ein Bruder daher, der der Schwester als einzig mögliche Verkleidung einen »Postsack« anrät, gibt es Tränen.

Aber das ist ja alles noch ziemlich harmlos! Problematisch wird es, wenn das eingeladene Kind erklärt, nun sei es an der Reihe, eine Einladung auszusprechen. Die Mutter, die sich auf dieses Ansinnen einlässt, muss wissen, dass Kinderfeste eskalieren.

Das beginnt schon bei der Gästeliste. Das Kind will zehn Kinder, die Mutter will sechs, man einigt sich auf acht, schließlich kommen vierzehn.

Man soll auch nicht meinen, das Fest werde sich auf Kinderzimmer und Wohnzimmer beschränken. Weder Bad noch Klo, weder Schlafzimmer noch Abstellkammer wer-

den unberührt bleiben. Aber über das Festessen braucht man sich keine Gedanken zu machen. Regel ist: Was üppig vorhanden, wird nicht sehr gemocht, was rar ist, darum reißt man sich.

Einzukalkulieren ist außerdem, dass man nach dem Fest den Nachbarn etliche Zeit aus dem Weg zu gehen hat. Und zu unterscheiden ist noch, ob kleine Kinder oder größere Kinder feiern.

Kleine Kinder sind relativ harmlos. Man kann sie mit Spielen zähmen. Eine Horde von Dreizehnjährigen ist eine Heimsuchung!

Da gibt es nur mehr eines: ein Kreuz schlagen, sich ins Klo sperren und Kräfte sammeln, für die Putzerei und Wischerei, damit man in der Wohnung wieder leben kann.

Erziehung wirkt nur außer Haus

Unlängst, beim Einkaufen, traf ich Frau M. Frau M. ist die Mutter einer jungen Dame, welche oft bei mir im Haus weilt, weil sie mit meiner Tochter befreundet ist. Da ich Frau M. nicht näher kenne, wusste ich nicht so recht, was mit ihr reden, und dachte: Redest halt über ihre Tochter! Mütter hören immer gern gute Worte über ihren Nachwuchs!

So ließ ich viel Positives über die junge Dame verlauten, die so oft bei mir zu Hause weilt. Ich lobte nicht nur ihr Aussehen und ihre Intelligenz, sondern auch ihr nettes Benehmen. Dabei log ich mit keinem Wort und keiner Silbe, denn die junge Dame ist mir ein wirklich angenehmer Hausgenosse. Sie deckt, ohne extra darum gebeten zu werden, den Tisch. Sie räumt das benutzte Geschirr in die Spülmaschine, sie fragt, ob sie mir Kaffee kochen solle und ob ich den Kaffee lieber mit kalter Milch oder mit warmem Obers serviert haben möchte.

Stellt sie bei uns den CD-Player an, tut sie es nicht, ohne vorher zu fragen, ob dadurch auch niemand gestört werde. Und wenn sie bei uns duscht, dann putzt sie hinterher die Wanne sauber.

Dies lobte ich lauthals von der jungen Dame und sprach Frau M. meinen Respekt vor ihren Erziehungskünsten aus. Frau M. hörte mir kugelrunden Auges zu, seufzte und sprach dann: »Frau Nöstlinger, Sie verwechseln mich leider. Ich bin Frau M. und meine Tochter ist die Fifi!« – »Aber ja doch!« sagte ich. »Ich weiß, wer Sie sind. Und ich rede ja von der Fifi!« Es bedurfte noch etlicher Versicherungen meinerseits, bis Frau M. einsah, dass da keine Verwechslung vorlag und ich auch die reine Wahrheit sprach.

Und dann legte Frau M. los! Dass ihre Fifi daheim noch nie die Badewanne gesäubert habe; auch nach zehnmaliger Anmahnung nicht! Dass die junge Dame gar nicht wisse, wo zu Hause der Geschirrspüler stehe, und gefragt, ob die Mama eine Tasse Kaffee möchte, habe Fifi ihr Lebtag lang noch nie! Zu Hause, versicherte Frau M. glaubwürdig, sei die Fifi ein Ausbund an Schlamperei, Unwilligkeit und Unhöflichkeit! Das ist doch ein Trost für uns alle, geneigte, liebe Leserinnen, die wir unwilligen, schlampigen, unhöflichen Nachwuchs zu haben meinen!

Einen Schmarren! Gut erzogene Kinder haben wir! Fragen Sie nur bei den Eltern der Freunde an! Wir haben leider anscheinend »für außer Haus« erzogen. Und das ist schließlich immer noch besser als gar nicht.

Der Kindertraum vom »Ausziehen«

Immer öfter höre ich von einem Familienproblem, das so schwerwiegend ist, dass die Betroffenen zu keiner friedlichen Lösung kommen. Das Problem tritt in Familien auf, die mehr Geld als unbedingt nötig und dazu noch ein fast erwachsenes, studierendes Kind haben. Und dieses Kind, das wirklich alles hat, vom Kleinwagen bis zum herrlichen Jugendzimmer, erklärt eines Tages, dass es »ausziehen« möchte. Weg von Mama und Papa! Da ist eine Wohnung, von Freunden gemietet, in der ist noch ein Zimmer frei. Das Kind macht den Eltern einen Kostenvoranschlag. Genau hat es errechnet, um wieviel das Taschengeld erhöht werden muss, damit es ausziehen kann. Die Summe scheint hoch, doch das Kind sagt, dass es diesen Betrag jetzt auch koste. Viel Aufwendiges haben ihm die Eltern in letzter Zeit finanziert und auf solchen Luxus werde es leichten Herzens verzichten, wenn sich der Traum vom »Ausziehen« erfülle.

Das Argument stimmt! Das Kind hat tatsächlich – auch im Haushalt lebend – viel Geld gekostet. Die Eltern könnten also auf das kindliche Ansinnen eingehen. Aber das tun die meisten Eltern nicht. Sie nehmen übel! Sie tun, als hätte der Ehepartner ohne Vorwarnung die Scheidung eingereicht. Sie fühlen sich ungeliebt. Was sie – in gewissem Sinn – ja auch sind, denn die Zuneigung, die ihnen von ihrem Kind entgegengebracht wird, ist eine andere als die gewünschte. Ich weiß, es fällt schwer, einzusehen, dass die Tochter lieber mit ein paar Typen im Beisl pappige Spaghetti mampft, als am guten, dreigängigen Familiennachtmahl teilzunehmen, und dass sie ihre Probleme lieber mit einem jungen Dödel als mit der weisen Mama bespricht. Ich weiß, was einem fehlt, wenn einem die Kinder fehlen. Der trübe Blick ins unbewohnte

Kinderzimmer ist mir so geläufig wie das plötzliche, einsame Angstgefühl: Was tut sie denn gerade, vielleicht geht es ihr gar nicht gut? Aber das sind Gefühle, mit denen alle Eltern irgendwann einmal zurechtkommen müssen.

Den Kindern das »Ausziehen« zu verwehren schiebt die Sache bloß um ein, zwei oder drei Jahre hinaus. Um ein, zwei oder drei Jahre, randvoll gefüllt mit Streit, Tränen und Szenen. Und diese grausamen Jahre könnte man sich eigentlich – wenn man sich und sein Kind mag – ersparen.

Über Kindermund und die Erbtante

Kinder haben neben vielen anderen Begabungen auch die, ihre Eltern durch allerlei Aussprüche in peinliche Situationen zu bringen. In manchen Familien hält sich diese Kinderbegabung in engen Grenzen, weil dort der Nachwuchs darauf trainiert wird, dass gewisse Sachverhalte nur den Kern der Kleinfamilie etwas angehen.

Da Kinder sehr lernbegierig sind, hat schon ein Kleinkind in solchen Familien heraus, was die Oma wissen darf, der Opa aber nicht, und was vor Tante Lilo – aber nicht vor Tante Anna – gesagt werden kann.

Es soll sogar vorkommen, dass Mütter Kinder dazu verhalten, von einer Sache »vor dem Papa nichts zu sagen«, und Väter den Kindern beibringen, dass »die Mama davon nichts zu wissen braucht«.

Der ambitionierte Erzieher jedoch scheut solche Anweisungen, weil sie ihm unaufrichtig erscheinen. So, sagt er sich, kann man ein Kind nicht zu aufrechter Ehrlichkeit erziehen! Mit dieser Ansicht hat der ambitionierte Erzieher recht. Doch müsste er, um sich vor Peinlichkeit zu schützen, andauernd vor dem Nachwuchs die Zunge im Zaume halten.

Und wer kann das schon!

Meistens ahnt man ja gar nicht, wo der Nachwuchs unbedacht reden wird. Man hütet sich, vor dem Kind von den fünf Krediten, der unverzollten Kamera, dem Verdacht gegen Onkel Otto und der Erbschleicherei bei Großtante Emma zu reden. Aber dann melden sich Onkel Otto und Großtante Emma für den Sonntag zu Besuch an, und der Papa fragt: »Wann kommen denn die zwei alten Lemuren?«

Das Kind hört dies und fragt wissbegierig: »Papa, was sind Lemuren?«

Der Papa sagt, so genau wisse er das auch nicht, holt – weil man den Wissensdurst von Kleinkindern stillen soll – den Lexikonband KRI-MACE, blättert und spricht dann: »Lemure, liebes Kind, kann zweierlei bedeuten. Entweder ist eine Lemure ein altrömisches Gespenst oder ein Halbaffe!«

Wie soll der arme Papa denn ahnen, dass sein lernfähiger Sohn am nächsten Sonntag den Blick starr auf Erbtante Emma richten und, von dieser nach dem Grund seines intensiven Blickes gefragt, antworten wird: »Weil ich schauen will, ob du ein altrömisches Gespenst oder ein Halbaffe bist!«

Wenn die Träume Haken schlagen

»Ein Ziel vor Augen haben« ist eine dringende Forderung erwachsener Leute an junge Menschen. Ein Ziel zu haben gehört sich! Ohne Ziel, auf das man zustrebt, ist das Leben wertlos und sinnleer!

Darum fragen ja auch Erwachsene schon kleine Knirpse insistierend danach, was sie einmal werden möchten und wie sie ihr weiteres Leben zu gestalten gedenken. Großer Achtung kann der Knirps gewiss sein, der erklärt, er möchte dereinst Bankbeamter mit fünfzehn Gehältern und Bilanzgeld werden, zwei Kinder und eine blonde Frau haben, in einem Reihenhaus wohnen, einen Mittelklassewagen fahren und seine Rentnertage im Heim »Zum schlohweißen Scheitel« verbringen.

Da weiß man, dass da ein zielstrebig-sinnerfüllter Mensch heranwächst!

Nicht so viel Achtung, aber großes Wohlwollen ist den Knirpsen gewiss, die erklären, Hochseefischer, Tormänner oder Torfrauen, Solotänzer oder Biogutsherren und Vater beziehungsweise Mutter von vierundzwanzig Kindern werden zu wollen.

Dann lächeln die lebenserfahrenen Erwachsenen. Ja, ja, sagen sie, das sind die Träume der Jugend, die Schäume sind. Das gute Kind wird bald einsehen, dass es da nach den Sternen greift. Aber ein Ziel hat es wenigstens und darauf kommt es an!

Verstört jedoch reagieren Erwachsene, wenn ein Kind überhaupt nicht weiß, was aus ihm einmal werden soll, wenn es sich gar keine »Ziele« setzt. Und wird das Kind älter und weiß noch immer nicht, was sein »Ziel« sein könnte, flippen die Eltern aus.

»In vier Monaten hat er Matura«, klagen sie. »Und so viel wir auch fragen, er hat keine Ahnung, was er eigentlich will! Das ist doch schrecklich!«

Ich finde das nicht schrecklich, sondern sehr verständlich. Ich kapiere schon, dass besorgte Eltern gern schöne Gewissheit über die Zukunft ihrer Kinder hätten. Aber in Zeiten wie diesen ist schöne Zukunftsgewissheit nicht einmal für den siebenjährigen Bankkassier garantiert. Und »kein Ziel haben«, wenn man jung ist, hat auch Vorteile. Wer nicht strebsam auf etwas hinlebt und hinarbeitet, ist offener, dampft nicht auf einmal gelegten Schienen dahin, kann Haken schlagen, sich auf kleinen Nebenwegen versuchen, umkehren, Rast machen und allerhand überlegen und erleben, was dem Zielstreber entgeht.

Neugierde aufs Leben ist eine positive Sache. Wer schon als Kind ein »Lebensziel« hat, kann nicht sehr neugierig sein und ist daher eigentlich sehr arm dran.

Kinder lieben Kitsch

Ein relativ kleines, aber doch ziemlich lästiges Problem ist in vielen Familien der makabre Schönheitssinn von Kindern. Kinder lieben Kitsch!

Einen Plastikgartenzwerg finden sie wesentlich schöner als die Venus von Milo. Einem Abziehbild mit schweinsrosa Rosen geben sie den Vorzug vor einer Emailminiatur aus dem Biedermeier.

Da Kinder aber mit der Venus von Milo und Biedermeierminiaturen wenig zu schaffen haben, wirkt sich das kaum auf das Zusammenleben mit ihren Eltern aus. Aufgeschlossene Eltern nehmen es auch lächelnd hin, dass ihr Kind nicht nach der edlen Kalbsledermappe für die Schulhefte giert, sondern nach einem regenbogenfarbenen Plastikungeheuer mit einem silbernen Batman drauf.

Schwieriger wird die Sache schon, wenn es um Kleidung geht. Man will seine Kinder ja nicht unterdrücken! Man will ihnen ja den eigenen Willen lassen!

Aber muss man da wirklich so weit gehen, dass man seiner kleinen Tochter – genau nach Wunsch – einen zitronengelben Rock mit rosa Zickzackstreifen häkelt und orangenfarbene Noppen in die Streifen einarbeitet?

Und wenn man sich schon zu diesem Wahnsinnswerk hergibt, muss man mit einem derart gekleideten Kind auch außer Haus gehen? Oder darf man sagen: »Wenn du mit mir fortgehst, zieh bitte etwas anderes an!«

Noch schwieriger wird die Sache, wenn es um Anschaffungen geht, die viel Geld kosten. Etwa um eine neue Kinderzimmertapete. Gut zwanzig modische, ästhetisch einwandfreie Tapetenmuster bieten wir und der Verkäufer dem Kind an, doch das Kind greift gierig nach einem bordeauxroten Samtimitat mit Goldprägung. »Die ist am schönsten!« sagt es.

Nur sehr großzügige Eltern beschließen dann, dass es gutes Recht ihres Kindes sei, in einer bordellroten Kitschkammer zu hausen!

Ganz schwierig wird die Angelegenheit, wenn die lieben Kleinen schenken, was ihrem Geschmack entspricht. Geschenke von Kindern soll man besonders ehren! Aber ehre einer eine Urne, die mit kleinen Müschelchen beklebt ist und als Blumenvase dienen soll. Aber hänge sich einer eine Kette um den Hals, die aus den Restbeständen einer Kronlusterfabrik aufgefädelt wurde!

Beim Problem Kinderkitsch kontra Erwachsenenästhetik ist die einzige Lösung: abwarten! In ein paar Jahren ändert sich die Lage. Da belächeln dann die großgewordenen Kleinen unseren Pulli und unsere Tapete und murmeln: So ein Kitsch!

Zweierlei Bedürfnisse!

Falls Sie es noch nicht wissen sollten, liebe Leserinnen und Leser: ein Kind hat »Regelbedürfnisse« und »Sonderbedürfnisse«!

In der mehr oder minder intakten Familie, in der das Kind mit Vater und Mutter im gemeinsamen Haushalt lebt, nimmt man den gewaltigen Unterschied zwischen diesen zweierlei Bedürfnissen ja nicht speziell wahr. Liebe Eltern investieren in die Bedürfnisse des Nachwuchses ihren letzten Groschen und fragen nicht viel, ob sie da für einen Regel- oder einen Sonderfall gezahlt haben.

Und weniger liebe Eltern entscheiden gern mit: »Nein, das brauchst du nicht!« zugunsten ihrer eigenen Bedürfnisse, ohne darauf zu achten, ob sie nun einen Regel- oder einen Sonderwunsch des Kindes abschlagen.

Wird aber eine Ehe geschieden und können sich die Eltern nicht selbst gütlich einigen, wer in welchem Ausmaß das Kind zu »finanzieren« habe, wird das Gericht mit dieser Frage befasst, und das hat dann zwischen »Regelbedürfnissen« und »Sonderbedürfnissen« fein säuberlich zu trennen, weil die Alimente eigentlich nur dazu da sind, die »Regelbedürfnisse« wie Essen, Kleidung, Schulkram, Spielzeug und kleinere Anschaffungen zu decken.

Was als »Sonderbedürfnis« gilt und wer dieses – von Fall zu Fall – zu bezahlen hat, muss dann vor Gericht ausgestritten werden.

Und wie man so hört, sind die Richter da oft verschiedener Meinung. Einer hält die Kosten des Schulschikurses für ein »Sonderbedürfnis« und meint, der Vater und Alimentezahler habe dafür extra aufzukommen.

Ein anderer meint, die Mutter habe sich von den Alimenten die nötige Summe für den Schikurs zusammenzusparen.

Und dies, obwohl in beiden Fällen die Väter gleich viel verdienen, die Alimente auch gleich hoch (oder niedrig) sind und die Mütter ebenfalls ein etwa gleiches Einkommen haben.

Ebenso unklar ist, ob Klavierunterricht, Urlaubsreisen, Zahnspangen und Reitunterricht zu den »Sonderbedürfnissen«, um die gestritten wird, zählen.

Eines dürfte allerdings klar sein: Ein Kind, das dauernd erleben muss, wie seine lieben Eltern wegen seines Schikurses, seiner Zahnspange, seiner Reitstunden, seiner Ferienreise und etlicher anderer Dinge auch noch zu Gericht gehen und streiten, muss sehr stabil sein, um nicht psychische Schäden zu bekommen, deren sich ein Kinderpsychologe anzunehmen hat.

Und die Kosten für diesen laufen dann garantiert unter »Sonderbedürfnis«!

Sandwich – menschlicher Art!

Psychologen kennen das »Sandwich-Kind«. Es ist das mittlere von drei Geschwistern und arm dran, denn es bekommt zu wenig Zuwendung von den Eltern, die sich mehr um das »große« und das »kleine« Kind kümmern. Und so fristet das »mittlere«, zwischen oberer und unterer Brotschnitte, ein Dasein im Verborgenen; dabei weiß ja jeder, dass der Belag das Köstliche am Sandwich ist! (Bei Familien mit 5, 7 oder 9 Kindern tritt der Sandwich-Effekt nicht ein, obwohl es auch ein »mittleres« gibt. Wahrscheinlich deshalb, weil bei so großer Kinderschar nimmer leicht auszumachen ist, wem etwas mehr elterliche Zuwendung zuteil wird.)

Trägt man diese Sandwich-Theorie einem »mittleren« Kind (ganz gleich, welchen Alters) vor, bekommt man heftige Zustimmung. Da können siebzigjährige Damen – immer noch waidwund – Erinnerungen vorbringen, die von liebloser Vernachlässigung zeugen!

Ja, ja, die große Schwester war immer die Kluge und Vernünftige, die dauernd gelobt wurde! Und der kleine Bruder war der verhätschelte Darling, dem man alles durchgehen ließ!

Anders hört sich das an, wenn man »große« und »kleine« Geschwister fragt. Erstgeborene behaupten, sie seien die ärmsten in der Familie gewesen! Enormer Leistungsdruck! Und immer hieß es: »Du bist doch der (die) Große! Gib nach, sei vernünftig!« Versuchskaninchen für elterliche Erziehung waren sie zudem. Bei den Nachkommenden sei die Mama schon viel lockerer mit Ge- und Verboten gewesen!

Manch erwachsene Frau kann heute noch vor Wut beben, wenn sie daran denkt, dass sie mit 16 Jahren um 9 Uhr abends daheim zu sein hatte, ihren Geschwistern aber –

Jahre später – im gleichen Alter Ausgang bis 11 Uhr gestattet war!

Und die »Kleinen«? Na, die beklagen sich, dass sie von den zwei Größeren unentwegt schikaniert wurden und die vermehrte elterliche Zuwendung, die ihnen eher lästig als angenehm war, mit sadistischen Akten der Geschwister zu bezahlen hatten.

Und in schöner Einigkeit sind sich »Große« und »Kleine« ganz sicher, dass ihr »Sandwich-Geschwister« das beste Kinderleben hatte, weil es sich ungestört ganz nach eigenen Vorstellungen und Zielen entwickeln durfte. »So sei doch froh, dass sie dich in Frieden gelassen haben«, schnauzen obere und untere Brotschnitte vergrämt den Belag an!

Einzig möglicher Schluss daraus: Kind zu sein ist so schwierig, dass jeder Mensch sein Kindheitslos für das härteste hält!

Füttern verboten!

Mütter, deren Kinder ein Gewicht auf die Waage bringen, welches jeder Kinderarzt wohlwollend nickend zur Kenntnis nimmt, wissen ja gar nicht, wie dankbar sie diesen »idealgewichtigen« Knirpsen zu sein haben!

Mütter mit »untergewichtigen« Kindern haben auch kein schweres Los, denn die Zeiten, in denen man Müttern nachsagte, dass sie ihren Kindern ausreichende Nahrung vorenthalten, sind vorüber. Mutter eines »schlechten Essers« zu sein, ist kein Makel. Und Mutter eines Zwirnsfaden-Kindes zu sein, das unentwegt isst, schon gar nicht! Da fragt höchstens jemand, ob's vielleicht an den Spulwürmern liegen könnte, aber wenn man das entrüstet ablehnt, hat sich die Sache erledigt!

Mutter eines dicken Kindes zu sein, ist hingegen ein arges Los! An jedem Kilo kindlichem Übergewicht trägt die arme Mama weit schwerer als der rundliche Sprössling, denn jedermann schiebt ihr die ganze Verantwortung für die Speckablagerung zu.

Und da hilft es ihr auch gar nichts, sich auf zwei emsig »fütternde« Omis auszureden, die den Liebling heimlich mit Keksen und Schokolade versorgen, damit er nicht vom Fleische fällt und »was zum Zusetzen« hat, falls er krank werden sollte. Im Interesse ihres Kindes hat eine liebende Mutter eben auch den Kampf gegen zwei Omis durchzustehen! Basta! Und überhaupt: Wieso will denn das Kind dauernd essen? Was? Weil's ihm so schmeckt? Typische Mutterausrede!

Jeder Schmalspur-Psychologe weiß doch, dass Essen eine Ersatzhandlung sein kann! Wenn Kinder zu viel essen, tun sie das, um sich selber etwas Gutes zu tun! Weil ihnen sonst niemand etwas Gutes tut! Weil sie sich ungeliebt fühlen! Und wessen oberste Lebensaufgabe ist es, einem Kind zu vermitteln, dass es geliebt wird? Mütterliche Aufgabe ist das! Und dass die Mutter diesbezüglich ein völliger Versager ist, dafür ist schließlich das dicke Kind Beweis genug!

Das Dumme an der Sache ist aber, dass Kinder, die gern essen und denen das Essen auch »anschlägt«, leider sehr oft das Quantum an Liebe, das ihnen entgegengebracht wird, am Quantum der Nahrung messen, die ihnen zugestanden wird!

Simpler gesagt: Das Kind hält sich für ungeliebt, wenn man ihm das Essen in kleinen, kalorienarmen Portionen zuteilt!

Und wird – von wegen vermeintlicher Lieblosigkeit – noch hungriger! Und rennt zu den Omis, von denen es kalorienreiche Liebesbeweise en masse bekommt!

Die Äpfel in Nachbars Garten

Manche Leute behaupten, in ihrer Kindheit nie, aber auch wirklich nie, gestohlen zu haben. Nicht einmal den legendären Apfel aus Nachbars Garten, nicht einmal ein Zuckerl aus dem Pult des Nachbarn und schon gar nicht Geld aus Mamas Börsel.

Ich glaube das nicht! Entweder, sage ich mir, lügen diese Leute, oder sie haben allerhand verdrängt!

Ich habe als Kind gestohlen! Und eine Person, die auch entschieden leugnet, sich als Kind an fremdem Eigentum vergriffen zu haben, hat – daran erinnere ich mich gut – mit mir gestohlen.

Aus einem Sack Vogelfutter in der Greißlerei haben wir uns heimlich die Taschen gefüllt. Vogel hatten wir keinen. Wir taten es an der Lust am Verbotenen und genossen das kribblige Gefühl der Gefahr, ertappt zu werden. Hinterher leerten wir unsere Taschen über dem Kanalgitter und kamen uns sehr, sehr mutig vor.

Und einmal stahl ich einer Freundin einen Bleistiftspitzer, der hatte zwei Löcher, ein kleines und ein großes. So ein Gerät war damals eine Rarität. Ich sah nicht ein, warum die Freundin so etwas hatte und ich nicht.

Da ging es also nicht um Lust am Verbotenen, sondern um Besitzgier.

An größere Schuldgefühle erinnere ich mich nicht. Von zu wenig »Erziehung« zeugten meine Diebsneigungen sicher nicht, denn der Moralpredigten und Strafdrohungen von Eltern, Lehrern und Seelsorgern waren genug! Von meinen Minimaldelikten hielten sie mich nicht ab. Ein Kind ist eben noch nicht so angepasst und sozialisiert, dass es alle Spielregeln der Gesellschaft achtet.

Seit ich Kind war, sind diese Spielregeln noch viel härter geworden. Hätte man mich beim Vogelfutterraub erwischt, hätte es viel Gekeif gegeben, hätte die Freundin gemerkt, wer ihren Bleistiftspitzer hat, wäre mir eine Watschen sicher gewesen.

Heute stehlen Kinder vor allem im Supermarkt. Die Folgen, die das hat, sind viel schlimmere. Polizei, Jugendamt und Schule können sich da einmischen.

Man muss also als Erwachsener noch mehr darauf schauen, dass der Nachwuchs »sauber« bleibt. Aber vergessen sollte man trotzdem nicht, dass wir die Äpfel in Nachbars Garten abgeschafft und den Supermarkt eingeführt haben und dass für ein Kind darin nicht viel Unterschied besteht.